天才作家《てんさいさっか》スズ秘密《ひみつ》ファイル③

シャーベット
女《おんな》公《こう》爵《しゃく》の恋《こい》

愛川さくら・作
市井あさ・絵

角川つばさ文庫

もくじ

カイ

天才的《てんさいてき》センスをもつサッカー少年《しょうねん》。スズをからかってばかりだけど、本当《ほんとう》はやさしい。スズとはおない年《どし》。

スズ

「天才作家《てんさいさっか》」としてデビューしちゃった主人公《しゅじんこう》。人《ひと》の注目《ちゅうもく》をあびてるときだけ、実力以上《じつりょくいじょう》の力《ちから》がでる。

女公爵《おんなこうしゃく》
(悠貴《ゆうき》)
馬術部《ばじゅつぶ》のキャプテンと剣道部《けんどうぶ》の主将《しゅしょう》をつとめる上級生《じょうきゅうせい》。プランスの親戚《しんせき》で、笑《わら》いだすととまらないくせがある。
プランス
クールで大人《おとな》っぽい美少年《びしょうねん》。プランスというのはフランス語《ご》で「王子《おうじ》」という意味《いみ》。スズより1つ年上《としうえ》。

1 あこがれの制服《せいふく》♡

新入生《しんにゅうせい》、るんっ！

るん、るん、ぱっぱ、るんぱっぱ、うふっ！

名門《めいもん》私立校《しりつこう》「松葉学園《しょうようがくえん》」中等部《ちゅうとうぶ》入学《にゅうがく》の通知《つうち》は、3月《がつ》の終《お》わりに届《とど》いた。

私《わたし》はすっごく、本当《ほんとう》に心《こころ》の底《そこ》からほっとした。

その前《まえ》に「マカロン姫《ひめ》とペルシャ猫《ねこ》」の中《なか》で、松葉学園《しょうようがくえん》の理事長《りじちょう》の息子《むすこ》プランスから、こう言《い》われていたんだけどね。

「母《はは》の部屋《へや》に、中等部《ちゅうとうぶ》合格者《ごうかくしゃ》の名簿《めいぼ》がおいてあったから、めくってみたら、その中《なか》に鈴木《すずき》美鈴《みすず》という名前《なまえ》があった。名前《なまえ》の中《なか》に、スとズが合計《ごうけい》で4つもついているのって、おまえぐらいだろ」って。

でも、それって、話《はなし》に聞《き》いただけだったんだもの。

ほら、よくあるじゃない。

ちゃんと聞《き》いたはずなのに、あとになって「そんなこと、言《い》ってないよ」とか言《い》われるってこと。

聞《き》いただけのことって、証拠《しょうこ》がのこらないもんね。

勘《かん》ちがいとかもあるしさ。

それで、とっても不安《ふあん》だったの。

私《わたし》って、けっこう神経細《しんけいほそ》いんだなーって、自分《じぶん》で思《おも》っちゃった。

みんなからは、ずぶといって思《おも》われているし、自分《じぶん》でもそうとばかり思《おも》っていたんだけどね、うん。

でも3月末《がつまつ》、とうとう入学通知《にゅうがくつうち》が届《とど》いて、うれしかった。

封筒《ふうとう》を開《ひら》いて、印刷《いんさつ》されている自分《じぶん》の名前《なまえ》を見《み》て、「入学《にゅうがく》を許可《きょか》する」って書《か》いてあるのを読《よ》んだときには、胸《むね》がじぃ〜んとしてしまった。

ああ、これで私《わたし》も中学生《ちゅうがくせい》になれるんだって感《かん》じて、うれしかったよ、ほんと。

で、制服《せいふく》を作《つく》りにいったの。

松葉学園《しょうようがくえん》の制服《せいふく》はね、冬《ふゆ》は男女《だんじょ》ともにピーコック・グリーンのブレザーに繻子《しゅす》のワイシャツ、オリーブ色《いろ》のネクタイで超《ちょう》カッコいいし、夏《なつ》は男子《だんし》はターコイズブルーの半《はん》そでワイシャツにピュアホワイトのネクタイ、女子《じょし》はピュアホワイトの半《はん》そでパフスリーブにターコイズブルーのジョーゼットリボンで、超《ちょう》かわいいんだ。

採寸《さいすん》したときには、ドキドキした。

それですごく期待《きたい》して仮縫《かりぬ》いにいったのよ。

ところが、着《き》てみて、びっくりっ！

なんかヘンなの。

学園《がくえん》の生徒《せいと》たちが着《き》ているところを見《み》かけたり、マネキンが着《き》てるのを見《み》たときなんかとは、ぜんぜんちがう感《かん》じだった。

身《み》につかないっていうか、制服《せいふく》が浮《う》いてるっていうか、とにかくイメージとちがうの。

おもわず、どっかまちがってるんじゃないかって、マネキンが着《き》ている制服《せいふく》とくらべてみたくらい。

衿《えり》のかたちとか、そでのつけねの位置《いち》とか、ね。

でもまったく同《おな》じで、そうなるとヘンなのは、私自身《わたしじしん》ってことになるじゃない。

ガッカリしちゃった。

あの制服《せいふく》さえ着《き》れば、私《わたし》だってすごくカッコよく見《み》えたり、かわいく見《み》えたりするんだとばっかり思《おも》ってたんだもの。

しょぼんとしていると、店員《てんいん》さんが笑《わら》って言《い》った。

「みなさん、最初《さいしょ》は似《に》あわないんですよ。制服《せいふく》って、着《き》なれないとダメなんです。2、3

ヶ月《げつ》もすれば、ぴったり似《に》あうようになりますから大丈夫《だいじょうぶ》ですよ」

本当《ほんとう》かなあって、私《わたし》は思《おも》った。

制服《せいふく》を着《き》なれるって、もしかして、中学《ちゅうがく》の生活《せいかつ》になれればいいってことなのかもしれない。

いまは入学《にゅうがく》だけはできることになったけど、中学《ちゅうがく》のことをなにもしらないから、まだ中《ちゅう》学生《がくせい》になりきれていない。

だから中学《ちゅうがく》の制服《せいふく》が似《に》あわない。

入学《にゅうがく》して、2、3ヶ月《げつ》して、心《こころ》が中学生《ちゅうがくせい》らしくなってきたときに、制服《せいふく》もきっと似《に》あうようになるんだ。

う〜ん、制服《せいふく》って奥《おく》が深《ふか》いかも。


それから3日《か》で制服《せいふく》ができあがって、家《いえ》に届《とど》いた。

「スズちゃん、着《き》てみせてよ」

叔母《おば》さんに言《い》われて、恥《は》ずかしかったけど着《き》がえをして出《で》ていった。

そしたら叔母《おば》さんは、なんと、涙《なみだ》ぐんだ。

「スズちゃんの中学生姿《ちゅうがくせいすがた》、お父《とう》さんやお母《かあ》さんやオリちゃんたちにも、見《み》せてやりたかったよねぇ……」

私《わたし》も、なんだかしゅんとしてしまった。

みんなが生《い》きていたら、私《わたし》は双子《ふたご》の姉妹《しまい》だったオリちゃんといっしょに中学生《ちゅうがくせい》になって、パパやママに喜《よろこ》んでもらうことができた。

死《し》んでしまった家族《かぞく》って、写真《しゃしん》の中《なか》にいるだけだよ。

年《とし》をとらないから、オリちゃんはいつまでたっても小学生《しょうがくせい》のまま。

パパもママも、ずっとこのまんまなんだ。

そしたらいつか、私《わたし》がパパやママの年《とし》を追《お》いこしていく。

そんなふうに考《かんが》えたら、すっごく悲《かな》しくなってしまった。

「さ、みんなに報告《ほうこく》しなくっちゃ。お墓《はか》まいりにいきましょう」

叔母《おば》さんに言《い》われて、制服姿《せいふくすがた》でお墓《はか》まで行《い》ったの。

手《て》を合《あ》わせて祈《いの》った。

どうぞ、私《わたし》を見守《みまも》っていてくださいって。

それから私《わたし》にとって、ものすごく大事《だいじ》なおねがいもした。

どうぞ、ウソがバレませんようにって。

じつは、「鈴木美鈴《すずきみすず》は天才作家少女《てんさいさっかしょうじょ》だ」ってことになっている。

どうしてそんなことになったかっていうと、死《し》んだオリちゃんが、私《わたし》の名前《なまえ》を使《つか》って、小説《しょうせつ》の新人賞《しんじんしょう》に応募《おうぼ》したから。

それが受賞《じゅしょう》して、マスコミの取材《しゅざい》がいっぱい来《き》たときに、本当《ほんとう》のことを言《い》えばよかったんだけど。

でも私《わたし》、言《い》えなかったんだ。

あるでしょ、言《い》わなきゃならないときに言《い》えないことって。

とくに私《わたし》って、みんなが注目《ちゅうもく》してくれると、ついいきおいがよくなるというか、強気《つよき》になるタイプなんだもん。

自分《じぶん》を止《と》めることができなかったの、くすん……。

それで私《わたし》は、天才作家《てんさいさっか》として小説《しょうせつ》を書《か》かなきゃならなくなってるってわけ。

でも、書《か》けない。

なんとかごまかしてるんだけど、最近《さいきん》、疲《つか》れちゃって。

つくづく後悔《こうかい》してるんだ。

くわしい事情《じじょう》は、「シュークリーム王子《おうじ》の秘密《ひみつ》」を見《み》てね。

とにかく、私《わたし》が書《か》きさえすれば、すべてはうまくいく。

そう思《おも》ってさ、努力《どりょく》はしてるんだ。

取材《しゅざい》とかして。

でも、ああ書《か》かなくっちゃってあせりながら毎日《まいにち》をすごすのって、けっこうたいへんなんだよ。

いつかバレるかもしれないってびくびくしてるのも、超《ちょう》たいへん。

たいへんなことばっか、かかえながら、私《わたし》は中学生《ちゅうがくせい》になる。

ああ、やっていけるのかなぁ……。

ちょっぴり不安《ふあん》。

「スズちゃん、うれしいのはわかるけど、早《はや》く寝《ね》ないと明日《あした》の入学式《にゅうがくしき》に遅刻《ちこく》しますよ」

ふぁ〜い。

2

初登校《はつとうこう》は、殺人《さつじん》バス⁉

入学式《にゅうがくしき》の日《ひ》は、からっと晴《は》れた。

空《そら》をあおぐと、どこからどこまで雲《くも》ひとつない青空《あおぞら》っ！

公園《こうえん》のわきを通《とお》ると、桜《さくら》の花《はな》びらが風《かぜ》に舞《ま》って、新《あたら》しい制服《せいふく》の肩《かた》にふりかかってきた。

一枚一枚《いちまいいちまい》がハート形《がた》で、すごくかわいいベビーピンク色《いろ》。

入学式《にゅうがくしき》っていつもこうだったなぁって、私《わたし》は思《おも》いだす。

幼稚園《ようちえん》のときも、小学校《しょうがっこう》のときも。

でも、今年《ことし》はちょっとだけちがっている。

いつもとなりにいたオリちゃんがいなくて、うしろからついてきたパパやママがいない。

「スズちゃん、なにしてんの。バスが来《き》ましたよ」

「はぁーい」

でも、叔母《おば》さんがいるから寂《さび》しくないっ！

と思《おも》うことにしておこう、うん。

へこたれてなんかいられない。

新《あたら》しい学校《がっこう》に入《はい》るんだから、がんばらなくちゃっ！

なにをがんばるのかって……それは、友《とも》だち作《づく》りでしょ、部活《ぶかつ》でしょ、小説《しょうせつ》を書《か》くことでしょ、それにウソをごまかすことでしょ、そのくらいかな。

あ、そうだ、勉強《べんきょう》もしなくちゃ、あはっ。

松葉学園《しょうようがくえん》は、私鉄《してつ》の駅《えき》から学園《がくえん》バスで20分《ぷん》、路線《ろせん》バスで25分《ふん》のところにある大《おお》きな学校《がっこう》。

創立《そうりつ》１００周年《しゅうねん》の名門《めいもん》で、幼稚部《ようちぶ》から初等部《しょとうぶ》、中等部《ちゅうとうぶ》、高等部《こうとうぶ》とあって、幼稚園《ようちえん》から高《こう》校《こう》までエスカレーター式《しき》に上《あ》がっていける。

中《なか》でも高等部《こうとうぶ》が一番有名《いちばんゆうめい》で、甲子園《こうしえん》や新体操全国大会《しんたいそうぜんこくたいかい》、演劇《えんげき》や合唱《がっしょう》、吹奏楽全国《すいそうがくぜんこく》コンクールでも、よく優勝《ゆうしょう》しているんだ。

勉強《べんきょう》のほうもすばらしくて、高等部《こうとうぶ》の卒業生《そつぎょうせい》は、毎年《まいとし》10人《にん》くらいが東大《とうだい》や京大《きょうだい》に合格《ごうかく》する。

ほかの国立《こくりつ》4年制大学《ねんせいだいがく》や有名私大《ゆうめいしだい》にもかなり受《う》かるから、全国的《ぜんこくてき》にも高《こう》レベルの学校《がっこう》と評価《ひょうか》されているみたい。

海外《かいがい》に姉妹校《しまいこう》があって、留学制度《りゅうがくせいど》もあって、留学生《りゅうがくせい》の交流《こうりゅう》もさかん。

外国人《がいこくじん》の教師《きょうし》や帰国子女《きこくしじょ》もたくさんいる。

つまり名門《めいもん》な上《うえ》に、グローバルな学校《がっこう》なんだ。

でも、学園《がくえん》バスの、この混《こ》み方《かた》って殺人的《さつじんてき》だぁ。

まあ今日《きょう》は、ふつうに登校《とうこう》する生徒《せいと》のほかに、中等部《ちゅうとうぶ》や高等部《こうとうぶ》の入学式《にゅうがくしき》に参加《さんか》する保護者《ほごしゃ》も乗《の》ってるから、いっそう混《こ》んでるんだろうけど。

私《わたし》の足《あし》、床《ゆか》についてない。

ほとんど浮《う》いてるもん。

持《も》っているカバンは、取《と》っ手《て》だけは見《み》えてるけど、その先《さき》は人《ひと》ごみの間《あいだ》で、どこに行《い》ってるのか、てんでわからないし。

もちろん叔母《おば》さんの姿《すがた》も見《み》あたらない。

これから毎日《まいにち》、こんなふうなのかな。

ちょっと、ゆ、う、う、つ……。

名門校《めいもんこう》っていうのなら、バスの数《かず》ふやして、全員《ぜんいん》がゆっくり座《すわ》れるようにしてくれたらどうなのよ。

「おい、スズ」

急《きゅう》に上《うえ》から名前《なまえ》を呼《よ》ばれてふりあおぐと、はるか上《うえ》のほうにカイの笑顔《えがお》があった。

「おはよ。背低《せひく》いおまえって、かわいそ。まるっきり埋《う》もれてるもんな」

くっそ、こいつ！

とは思《おも》ったんだけど、あんまりにも松葉《しょうよう》の制服《せいふく》が似《に》あってカッコよかったんで、ちょっと見《み》とれてしまった。

ピーコック・グリーン、つまり孔雀《くじゃく》の羽色《はねいろ》をしたブレザー、もっとわかりやすく言《い》うと、ロッテのキシリトールガムの包装紙《ほうそうし》と同《おな》じ色《いろ》をしたブレザーと、わずかにクリーム色《いろ》がかった地模様《じもよう》のある白《しろ》いシャツ、それにくすんだオリーブ色《いろ》のネクタイをきちんとしめたカイは、すっごく大人《おとな》っぽく見《み》えた。

なんか、いままで知《し》っていたカイじゃないみたいに見《み》えて、ドキッとした。

外見《がいけん》だけは、ね。

「息《いき》、できないんじゃないの。学校《がっこう》についたら、死《し》んでたりして」

中味《なかみ》はまるっきり変《か》わってない、ばかやろう。

「いい空気《くうき》、吸《す》わせてやろうか。持《も》ちあげてさ」

えーい、うざい！

上《うえ》からおおいかぶさるようにして話《はな》しかけるなっ!!

私《わたし》は、つんと横《よこ》をむいた。

だいたいさ、身長《しんちょう》なんて親《おや》からのもらいものじゃん。

本人《ほんにん》の努力《どりょく》でも、才能《さいのう》でもないのに、自慢《じまん》げにするなっていうのっ！

そう思《おも》いながら窓《まど》に映《うつ》る自分《じぶん》を見《み》たら、なるほど、ちびっこくて、人《ひと》に埋《う》もれていて、ちょっとみじめだった。

私《わたし》もいつか、身長《しんちょう》のびるのかなぁ……。

心配《しんぱい》になって目《め》をはなせずにいたら、窓《まど》のむこうの車線《しゃせん》に、すごくめだつシルバーの車《くるま》が走《はし》ってきて、信号《しんごう》を待《ま》っていた学園《がくえん》バスと並《なら》んだ。

へぇ、カッコいいな。

おもわず身《み》を乗《の》りだすようにして見《み》おろしたら、後部座席《こうぶざせき》に座《すわ》っていたのは、プランスだった。

制服《せいふく》を着《き》たプランスは、すっごくきれいだった。

肩《かた》までのびたサラサラのストレートヘアは、ハニー・ブロンド。つまり蜂蜜色《はちみついろ》で、瞳《ひとみ》はあざやかなセルリアン・ブルー。腕《うで》ぐみをし、足《あし》を高《たか》くくんで、細身《ほそみ》の体《からだ》をふかぶかとシートに埋《う》めている様子《ようす》は、王子《おうじ》の貫禄《かんろく》、満点《まんてん》。

高貴《こうき》なオーラをはなっていて、もうまぶしいほど。

だけど、悲《かな》しいのは……どう見《み》ても、女《おんな》の子《こ》。

プランスのママは、遺伝子《いでんし》入《い》れるときにまちがったんじゃないのかなぁ。

「見《み》てっ、プランスさまがご登校《とうこう》よ」

バスの中《なか》のどこかで、だれかがそう言《い》った。

瞬間《しゅんかん》、バス中《じゅう》の人《ひと》が全部《ぜんぶ》、こっち側《がわ》の窓《まど》に移動《いどう》しようとしたらしく、私《わたし》の背中《せなか》にものすごい圧力《あつりょく》がっ！

ぐえっ、つぶれるぅぅぅ……。

「どこ、どこ、どこよ」

「今朝《けさ》のごきげんは、よさそう？」

「悪《わる》いに決《き》まってるじゃない。朝《あさ》はいつも最悪《さいあく》よ」

「そうよ、そこがいいのよねぇ」

「ああ、あの美《うつく》しい目《め》でにらまれたい」

つっ、つぶれる、マジつぶれるぅ……。

そのとき、学園《がくえん》バスが大《おお》きくクラクションをならし、それに気《き》づいたプランスが、ちらっとこっちを見《み》あげた。

バスの中《なか》では、ハートが大量発生《たいりょうはっせい》。

「きゃっ、こっち見《み》たっ♡」

「そっちじゃないわ、こっちを見《み》たのよ♡♡」

「ああ、麗《うるわ》しのまなざし♡♡♡」

みんながいっそうジリジリとせりだすように窓《まど》に押《お》しよせてきて、人圧力《じんあつりょく》はますます大《おお》きくなっていき、私《わたし》はもうまっさお、ハアハアゼイゼイっ！

信号《しんごう》が変《か》わって、プランスの車《くるま》が学園《がくえん》バスを追《お》いこし、さっさと走《はし》り去《さ》ってくれたからよかったものの、もうちょっとで死《し》ぬところだった。

「松葉学園《しょうようがくえん》に到着《とうちゃく》です。前《まえ》とうしろのドアが開《ひら》きます。忘《わす》れ物《もの》をしないように」

はきだされるようにバスからおりたときには、完璧《かんぺき》ヘロヘロ。

毎日《まいにち》これじゃ、身《み》が持《も》たないかも……。

「おい、ヨレヨレになってるぞ」

見《み》れば、カイはカバンを持《も》った片手《かたて》を肩《かた》にかけて余裕《よゆう》のポーズだった。

くっそ、くやしいなぁ。

「行《い》きますよ、カイ」

そう言《い》ったのは、カイのうしろにいた女《おんな》の人《ひと》。

肩《かた》までのさらっとしたボブヘアで、細身《ほそみ》の白《しろ》いパンツスーツを着《き》て、いかにもキャリアウーマンって感《かん》じの知性的《ちせいてき》な人《ひと》だった。

雰囲気《ふんいき》が、どことなくカイに似《に》ている。

「ママ?」

私《わたし》が聞《き》くと、カイはちょっと恥《は》ずかしそうにうなずいて、女《おんな》の人《ひと》のほうにむきなおった。

そして私《わたし》をさして、こう言《い》ったの。

「こいつ、僕《ぼく》の友《とも》だちで鈴木美鈴《すずきみすず》」

カイのママはほほえんで私《わたし》を見《み》た。

「初《はじ》めまして」

そう言《い》いながら、しだいに不思議《ふしぎ》そうな顔《かお》になったの。

「あら、どこかであなたと会《あ》ったような気《き》がするわ」

え、初対面《しょたいめん》だと思《おも》うけど……。

と言《い》いそうになって、私《わたし》はぎょっとした。

もしかして、カイのママは、私《わたし》が作家《さっか》デビューしたときに映《うつ》ったテレビとか、新聞《しんぶん》とか
週刊誌《しゅうかんし》とかを見《み》ていたのかもしれない。

「名前《なまえ》も聞《き》いたことがあるような気《き》がするし」

げっ、まずい。

ここで天才作家《てんさいさっか》だとわかったら、カイにもしられる。

初《はじ》めのうちはそれでもいいかもしんないけど、そのうちに絶対《ぜったい》ウソだとバレる。

そうしたら……きっと怒《おこ》られる。

だって日本中《にほんじゅう》にむかってウソをついてるんだもの。

そんなヤツは、もう友《とも》だちじゃないって、ゼッコウ宣言《せんげん》されるに決《き》まってる。

「え、えっと、よく、そう言《い》われるんです」

私《わたし》は、あわててごまかした。

「苗字《みょうじ》も名前《なまえ》も平凡《へいぼん》だし、顔《かお》もよくある顔《かお》で、ほんと、よくまちがえられるんです」

カイのママは、まだ納得《なっとく》できないといったような顔《かお》だった。

「でも、たしかにどこかで……」

そこに、ようやくバスからおりてきた叔母《おば》さんが、汗《あせ》をふきながら顔《かお》を出《だ》したの。

「ほんとに、ひどい混《こ》み方《かた》。スズちゃん、大丈夫《だいじょうぶ》だった？」

叔《お》っ母《ば》さん、いいときにきてくれたっ！

救《すく》いの女神《めがみ》に見《み》える、ほんとよっ!!

「私《わたし》の叔母《おば》です。えっと、両親《りょうしん》がいないんで、保護者《ほごしゃ》なんです」

そう言《い》うと、カイのママは、これ以上《いじょう》ツッコんでは悪《わる》い、という顔《かお》つきになった。

「叔母《おば》さん、私《わたし》の友《とも》だちの冬馬戒君《とうまかいくん》とそのお母《かあ》さん」

それからは大人同士《おとなどうし》のあいさつになったので、私《わたし》はなんとか窮地《きゅうち》を脱出《だっしゅつ》できたんだ。

ほっとした。

同時《どうじ》に、わかったことがひとつ。

大人《おとな》の前《まえ》に出《で》るときには、かなり注意《ちゅうい》しなくちゃならないってこと。

いつバレるかわからない。

気《き》をつけなくっちゃ！

「おいスズ、入学式《にゅうがくしき》って講堂《こうどう》だったよな。あっちらしいぞ。行《い》こ」

カイに言《い》われて、私《わたし》は、バスをおりた新入生《しんにゅうせい》と保護者《ほごしゃ》がぞろぞろと歩《ある》いている方向《ほうこう》に足《あし》をむけた。

その道《みち》は桜並木《さくらなみき》の間《あいだ》を通《とお》っていて、私《わたし》たちの頭《あたま》の上《うえ》に、風《かぜ》に吹《ふ》かれて散《ち》る桜《さくら》の花《はな》びらが雪《ゆき》のようにふりかかってきた。

まるでピンクの雲《くも》の中《なか》を歩《ある》いている感《かん》じ。

「ほんとに、すげぇ混《こ》み方《かた》だったよな、あのバス。僕《ぼく》は、あんまり影響《えいきょう》なかったけど、おまえはたいへんだったろ。大丈夫《だいじょうぶ》だったか？」

その言《い》い方《かた》はさっきとはちがって、本当《ほんとう》に心配《しんぱい》してくれている感《かん》じが伝《つた》わってきた。

それで、さっきの失礼《しつれい》な態度《たいど》をゆるすことにした。

「プランスに言《い》って、学園《がくえん》バスの台数《だいすう》をふやすか、通学時《つうがくじ》にバス路線《ろせん》のとなりを走《はし》らないようにしてもらうか、どっちかだな」

そういえば、プランスの登場《とうじょう》で、いっそう激化《げきか》したんだっけ。

「ん、でもプランスも通学《つうがく》しなくちゃならないでしょ。同《おな》じバスに乗《の》ってきたら、もっと混乱《こんらん》するよ、きっと」

「ん〜、そうだよな。じゃ、バスの台数《だいすう》をふやすしかないよ」

よし、交渉《こうしょう》してみよう。

「カイ」

うしろからついてきたカイのママが言《い》った。

「あそこの掲示板《けいじばん》に、クラス分《わ》けが発表《はっぴょう》になっているみたいよ」

わっ、見《み》なくちゃ！

私《わたし》とカイは、同時《どうじ》に走《はし》りだした。

でも、人《ひと》だかりのしている掲示板《けいじばん》の前《まえ》についたのは、カイのほうが先《さき》。

ま、サッカー部《ぶ》のエースストライカーだもんね。

「あった、Ａ組《ぐみ》だ！」

カイがそう言《い》ったとき、私《わたし》もいっしょに言《い》っていた。

「あ、私《わたし》って、Ａ組《ぐみ》みたい！」

で、顔《かお》を見《み》あわせて、ちょっと沈黙《ちんもく》。

カイがイヤミなことを言《い》ってからかうんじゃないかと思《おも》って、私《わたし》は身《み》がまえた。

だっていままでずっとそうだったんだもの。

つまり、

「げっ、おまえと3年間《ねんかん》かよ」

とか、

「ついてないな」

とかさ。

でもカイは黙《だま》っていて、それからちょっと笑《わら》った。

胸《むね》が痛《いた》くなるほど、きれいな笑顔《えがお》だった。

「3年間《ねんかん》、よろしく」

そう言《い》って右手《みぎて》を出《だ》したの。

私《わたし》……すごく反省《はんせい》した。

カイがこんなすなおな気持《きも》ちでいるっていうのに、いままでのことにこだわっていた自《じ》分《ぶん》は、なんていやな子《こ》なんだろうって。

そんな自分《じぶん》とは、さよならしよう。

私《わたし》もカイみたいに、すなおできれいな気持《きも》ちになるんだ。

「うんっ！　よろしくね」

桜《さくら》が吹雪《ふぶき》のように舞《ま》い散《ち》る中《なか》で、私《わたし》たちは握手《あくしゅ》をした。
カイの手《て》は大《おお》きくて、温《あたた》かくて、それがそのままカイの心《こころ》の温《あたた》かさのように思《おも》えた。

3 めだちすぎの学園生活《がくえんせいかつ》

講堂《こうどう》で入学式《にゅうがくしき》がはじまったのは、9時《じ》、終《お》わったのは11時《じ》だった。

そのあと、同《おな》じ場所《ばしょ》で各部《かくぶ》の新入生歓迎会《しんにゅうせいかんげいかい》があった。

新入部員《しんにゅうぶいん》の勧誘《かんゆう》もかねているみたいで、新体操部《しんたいそうぶ》が演技《えんぎ》を披露《ひろう》したり、吹奏楽部《すいそうがくぶ》が演奏《えんそう》したり、演劇部《えんげきぶ》が短《みじか》いドラマを演《えん》じたりして、全部《ぜんぶ》が終《お》わったのは12時《じ》ごろ。

「では生徒《せいと》は、各教室《かくきょうしつ》に移動《いどう》してください」

どの部活《ぶかつ》も、楽《たの》しそうだった。

う〜ん、どこ入《はい》ろうかなぁ。

「おまえ、部活《ぶかつ》どうすんの」

カイがとなりによって来《き》て、聞《き》いた。

「やっぱ、料理部《りょうりぶ》？　おまえ、食《く》うの好《す》きだもんなあ」

まあね。

でもせっかく中学生《ちゅうがくせい》になったんだから、このさい、ぜんぜんちがう世界《せかい》にチャレンジするのもいいかなって思《おも》うんだけど。

「カイは、サッカー部《ぶ》でしょ。特待生《とくたいせい》だもんね」

そう答《こた》えると、カイはちょっと息《いき》をついた。

「部活《ぶかつ》は自由《じゆう》なんだ。あんましサッカーオンリーだと、視野《しや》がせまくなって、逆《ぎゃく》にのびないかもしれないから、ちょっと考《かんが》えてるとこ」

ふぅん、そうなんだ。

スポーツの世界《せかい》も、けっこう複雑《ふくざつ》なんだね。

カイと話《はなし》をしながら講堂《こうどう》から出《で》ていくと、わたり廊下《ろうか》の両側《りょうがわ》に上級生《じょうきゅうせい》たちが、造花《ぞうか》のバラを持《も》って立《た》っていた。

男子上級生《だんしじょうきゅうせい》は赤《あか》、女子上級生《じょしじょうきゅうせい》は白《しろ》だった。

「入学《にゅうがく》、おめでとう」

「私《わたし》たちが作《つく》ったバラを受《う》けとってください」

みんなでそう言《い》いながら近《ちか》よってきて、新入生《しんにゅうせい》1人《ひとり》1人《ひとり》の胸《むね》につけてくれたの。

私《わたし》のそばにも、1人《ひとり》の上級生《じょうきゅうせい》がやってきて、赤《あか》いバラをつけてくれようとした。

なんだかうれしいような、はずかしいような不思議《ふしぎ》な気分《きぶん》。

私《わたし》は胸《むね》をそらせて、つけやすいようにした。

そのとき、

「ちょっと待《ま》て」

上級生《じょうきゅうせい》たちの中《なか》から、声《こえ》がしたの。

みんながふりむきながら体《からだ》をそむけると、そこには赤《あか》いバラを持《も》ったプランスが立《た》っていた。

「その子《こ》には、私《わたし》がつける」

瞬間《しゅんかん》、あたりにいた上級生《じょうきゅうせい》も新入生《しんにゅうせい》も全員《ぜんいん》、ばっとこちらにむきなおって、私《わたし》を見《み》た。

ひえぇぇ……。

その場《ば》の空気《くうき》は、まるで凍《こお》りついたかのようっ！

私《わたし》にむけられている視線《しせん》は、しだいに刺《さ》すような鋭《するど》さにっ!!

「なによ、あの子《こ》」

「プランスさまと、どーゆー関係《かんけい》?」

「たいしてかわいくないじゃん」

「プランスさまがお作《つく》りになったバラを、あんなちんけなガキの胸《むね》にかざるなんて」

「ゆるせん、あとでもぎとろう」

わーんっ!

どうしようっ!!

プランスは、みんなをかきわけて私《わたし》のそばにやってきて、体《からだ》をかがめた。

みんなの視線《しせん》は鋭《するど》さをまし、私《わたし》はまるでダーツのターゲットになったかのようっ!!

ああ刺《さ》さる、視線《しせん》が痛《いた》い……。

注目《ちゅうもく》をあびるのはすごく好《す》きだけど、こんなのはいやっ!

「あの、プランス、悪《わる》いけど、やめてくれない?」

私《わたし》がそう言《い》うと、視線《しせん》はさらにいっそう鋭《するど》くなった。

「聞《き》いた？　プランスさまを呼《よ》び捨《す》てにしたっ！」

「しかもなまいきにも、やめろだなんて!!」

「ゆるせないっ!!」

私《わたし》はもう、顔《かお》だけじゃなくて全身《ぜんしん》まっさおっ！

ああ入学早々《にゅうがくそうそう》こんなことになって、私《わたし》の中学生活《ちゅうがくせいかつ》はもう終《お》わりだぁ!!

頭《あたま》をかかえて、その場《ば》に座《すわ》りこみたいような気分《きぶん》だった。

それなのにプランスは、私《わたし》の気持《きも》ちなんかてんでムシ。

「入学《にゅうがく》おめでとう、スズ」

ふん、いい気《き》なもんよね。これだから王子《おうじ》は……。

「よかったな」

すっごく真剣《しんけん》な声《こえ》だった。

驚《おどろ》いて目《め》を上《あ》げると、プランスの青《あお》い瞳《ひとみ》がまっすぐにこちらを見《み》ていた。

「おまえが入学《にゅうがく》してくるのを、ずっと待《ま》っていた」

なんだか、ドキッとした。

ああ、本当《ほんとう》に待《ま》っていてくれたんだ。

そうわかって、胸《むね》がじ〜んとした。

私《わたし》が、ありがとうと言《い》おうとすると、プランスはちょっと笑《わら》った。

「これで毎日《まいにち》、おまえをからかってすごせる。退屈《たいくつ》せずにすむよ」

ふんっ!!

「とりあえずバラをつけるぞ。動《うご》くなよ」

つけてほしくなんかないっ！

私《わたし》がふてくされて横《よこ》をむいたそのとき、中庭《なかにわ》のほうから声《こえ》がした。

「ちょっと待《ま》て、プランス」

え……、堂々《どうどう》とプランスを呼《よ》び捨《す》てにするなんてっ！

すごく勇気《ゆうき》あるのね、いったいだれっ!?

ふりむくと、そこには、なんとっ！

白《しろ》い馬《うま》に乗《の》った乗馬服姿《じょうばふくすがた》の男子上級生《だんしじょうきゅうせい》がいた。

私《わたし》は、ボーゼンとしてしまった。

だって、なんでこんなとこで、いきなり馬《うま》なのっ！

現代《げんだい》の交通手段《こうつうしゅだん》って、ふつうに車《くるま》でしょうがっ!!

私《わたし》は、どこかべつの世界《せかい》にタイムスリップでもしてしまったのかと、すごくあせった。

でも、まわりを見《み》まわしてもいままでと同《おな》じ景色《けしき》だったし、私《わたし》のすぐそばにはカイがいた。

「カイぃ……あれ、馬《うま》だよね？」

私《わたし》がそう言《い》うと、カイはちょっと眉《まゆ》を上《あ》げて、馬《うま》の鞍《くら》の下《した》にしかれている布《ぬの》を指《ゆび》さした。

「よく見《み》ろよ」

そこには、松葉学園《しょうようがくえん》馬術部《ばじゅつぶ》と書《か》いてあった。

そっか。

さすがセレブ校《こう》、馬術部《ばじゅつぶ》なんてあるんだ。

う～ん、すごいかも。

感心《かんしん》する私《わたし》の前《まえ》で、その上級生《じょうきゅうせい》は、ひらりと身《み》をひるがえして白馬《はくば》から飛《と》びおりた。

一瞬《いっしゅん》、空中《くうちゅう》に舞《ま》ったその姿《すがた》の、カッコよかったことっ！

足《あし》が長《なが》くてね、細身《ほそみ》でスタイルがバツグンっ!!

私《わたし》はおもわず、ホレボレと見《み》とれてしまった。

すごい!

芸術的《げいじゅつてき》といってもいいほど完璧《かんぺき》なプロポーションっ!!

まるで彫像《ちょうぞう》みたいだった。

音《おと》もたてずに着地《ちゃくち》して、手《て》にしていた乗馬用《じょうばよう》ムチを小《こ》わきにはさむと、手袋《てぶくろ》をとりながら近《ちか》よってくる。

体《からだ》にぴったりとした黒《くろ》い乗馬服《じょうばふく》に、足《あし》のラインにそった白《しろ》い革《かわ》のズボン、長《なが》いブーツをはいていて、カツカツと音《おと》をさせながら、こっちにむかってきた。

息《いき》をのんで見《み》つめていると、その上級生《じょうきゅうせい》は、プランスの前《まえ》まできて、こう言《い》った。

「その子《こ》には、私《わたし》がつける」

げっ!

こいつも!?

私《わたし》は、ショック死《し》してしまいそうな気分《きぶん》でまわりを見《み》まわした。

すると、やっぱり、思《おも》ったとおりっ！

それまで針《はり》のようだった視線《しせん》は、さらに激化《げきか》っ!!

しかも数《かず》がふえて、大針《おおばり》どころか刃物《はもの》のようにギラギラしていた。

わーんっ！

こんな上級生《じょうきゅうせい》、私《わたし》、しらない、見《み》たこともない、関係《かんけい》ないよぉっ!!

「プランス、おまえの持《も》っているその花《はな》をかせ」

おまえ呼《よ》ばわりされたあげくに花《はな》まで要求《ようきゅう》されて、プランスは、冷《つめ》たい視線《しせん》をその上級《じょうきゅう》生《せい》にむけた。

きっと怒《おこ》る。

そう思《おも》って私《わたし》はハラハラした。

怒《おこ》らないはずがないっ！

ところがプランスは、

「めずらしいな」

そう言《い》っただけで、かすかに笑《わら》って花《はな》をわたした。

上級生《じょうきゅうせい》は、ありがとうも言《い》わずに受《う》けとる。
で、自分《じぶん》が持《も》っていたムチと手袋《てぶくろ》をプランスにつきだした。
「持《も》っててくれ」
なんと、おーへーな態度《たいど》っ！
でもプランスは、おとなしくそれを受《う》けとったの。
私《わたし》は目《め》がまん丸《まる》になってしまった。
学園《がくえん》オーナーの息子《むすこ》で、王家《おうけ》の血《ち》をひくプランスにこんなことをさせるなんて。
この上級生《じょうきゅうせい》は、いったいだれ、何者《なにもの》っ!?
「ああ、これも」
そう言《い》いながら上級生《じょうきゅうせい》は、それまでかぶっていた乗馬用帽子《じょうばようぼうし》をとった。
瞬間《しゅんかん》、そこから長《なが》い髪《かみ》があふれて、肩《かた》に流《なが》れ落《お》ちた。
長髪《ちょうはつ》だぁ、男《おとこ》なのに、めずらしい……。
でも、つやのあるストレートで、まるでシャンプーの宣伝《せんでん》みたいにきれいだった。
帽子《ぼうし》のひさしのせいでよく見《み》えなかった顔《かお》も、はっきりと見《み》えるようになり、少《すこ》しつりあがった涼《すず》しげな目《め》と、不敵《ふてき》な感《かん》じのするほほえみをふくんだ口《くち》もとが印象的《いんしょうてき》な美形《びけい》だとわかった。

わからないのは、その、おーへーな美形《びけい》が、なんで、どーして私《わたし》に花《はな》をつけたがるのかってことなんだけど……。

迷惑《めいわく》だから、やめてくれないかなー。

「スズの、どこが気《き》に入《い》ったんだ？」

プランスが聞《き》くと、美形《びけい》はニヤッと笑《わら》った。

「すべて」

瞬間《しゅんかん》、耳《みみ》をつんざくような悲鳴《ひめい》がいっせいに上《あ》がった。

「きゃー、信《しん》じらんないっ！」

「そんなの、いやぁーっ！」

「絶望《ぜつぼう》した。もう学校《がっこう》に来《き》たくないっ！」

で……、そのものすごい悲鳴《ひめい》のいきおいが、そのまま、うらみの視線《しせん》になって、さらに私《わたし》のほうへっ！

私《わたし》はふるえあがってしまった。

なんか、どんどん状況《じょうきょう》が悪《わる》くなってくる。

呪《のろ》われているんだろうか。

「スズ、紹介《しょうかい》しよう」

私《わたし》の気持《きも》ちもしらずにプランスが、美形《びけい》の背中《せなか》に手《て》をまわして、こちらに引《ひ》きよせた。

「中等部《ちゅうとうぶ》3年生《ねんせい》の鷲見悠貴《わしみゆうき》。馬術部《ばじゅつぶ》のキャプテンと剣道部《けんどうぶ》の主将《しゅしょう》をつとめている。私《わたし》の親《しん》戚《せき》だ。ああ、それから女子寮《じょしりょう》の寮長《りょうちょう》もやっている」

へっ、女子寮《じょしりょう》？

女子《じょし》って……ことは、つまり……。

私《わたし》はまじまじと、その美形《びけい》を見《み》つめた。

きりっとした目鼻立《めはなだ》ち、涼《すず》しげな美貌《びぼう》と長身《ちょうしん》、スレンダーなスタイル、乱暴《らんぼう》な言葉《ことば》づかい。

どこをとっても男《おとこ》としか思《おも》えない……けど……、女子寮《じょしりょう》の寮長《りょうちょう》だったら、男《おとこ》のはずはない……よね。

「あの、もしかして、この人《ひと》は女《おんな》なんですかぁ？」

私《わたし》の質問《しつもん》に、プランスはまじめな顔《かお》で答《こた》えた。

「もしかしなくても、女《おんな》だ」

私《わたし》は、あぜんとした。

こんなにも、男《おとこ》らしい女《おんな》の人《ひと》がいるなんて思《おも》ってもみなかったから。

女《おんな》ねぇ、これがぁ……。

その私《わたし》の顔《かお》がマヌケに見《み》えたらしくて、美形《びけい》はぷっとふきだした。

うつむいて肩《かた》をゆすって笑《わら》いはじめ、なかなか止《と》まらない。

あたりに笑《わら》い声《ごえ》が響《ひび》きわたった。

プランスはため息《いき》をつく。

「発作《ほっさ》だ。ときどきこうなる。ほうっておけばいい。1時間《じかん》くらいは続《つづ》く」

へえ、特殊体質《とくしゅたいしつ》なんだ。

「私《わたし》の大叔母《おおおば》にあたるんだ」

ああそうか、年上《としうえ》の親戚《しんせき》だから、プランスと対等《たいとう》に話《はな》せるわけね。

「うちの女子寮《じょしりょう》の寮長《りょうちょう》は、昔《むかし》から女公爵《おんなこうしゃく》と呼《よ》ばれている。悠貴《ゆうき》は、第《だい》30代目《だいめ》の女公爵《おんなこうしゃく》だ」

そう言《い》ってプランスは女公爵《おんなこうしゃく》を見《み》たけれど、彼女《かのじょ》は片手《かたて》で両眼《りょうめ》をおさえてうつむいたまま、まだ笑《わら》い続《つづ》けていた。

「気《き》にするな、スズ」

私《わたし》にそう言《い》いながらもプランスは、トゲのある目《め》で女公爵《おんなこうしゃく》をにらみつけた。

「一生《いっしょう》、笑《わら》っているがいい」

あ、内心《ないしん》、怒《おこ》ってる。

「悪《わる》い、悪《わる》い」

そう言《い》って女公爵《おんなこうしゃく》は顔《かお》を上《あ》げ、長《なが》い髪《かみ》をかきあげた。

こちらにむいた涼《すず》しげな美貌《びぼう》は、やっぱり女《おんな》とは思《おも》えない完璧《かんぺき》な美少年《びしょうねん》フェイス。

そういえばプランスも、男《おとこ》とは思《おも》えない美少女顔《びしょうじょがお》だっけ。

プランスのママのせいだとばかり思《おも》っていたけど、分類《ぶんるい》にまようようなのが2人《ふたり》も出《で》てくるとなると、この一族《いちぞく》の血自体《ちじたい》に、男女《だんじょ》の遺伝子《いでんし》がまちがえて配合《はいごう》されてるんだ、きっと。

う〜ん、もっといろんな親戚《しんせき》を見《み》てみたい。

「じゃ、花《はな》をつけるからな」

女公爵《おんなこうしゃく》は、かがんで私《わたし》の胸《むね》に赤《あか》いバラをつけた。

それをつけながら、だれにも聞《き》こえないようにこっそりと、こう言《い》ったのだった。

「……はじめまして、天才作家《てんさいさっか》さん」

ぎくっ！

私《わたし》は、完全《かんぜん》に凍《こお》りついてしまった。

バレてるっ！

でも、なぜ、どーして!?

息《いき》をのみ、目《め》を見開《みひら》いていると、女公爵《おんなこうしゃく》はゆっくりと体《からだ》をおこし、私《わたし》の顔《かお》を見《み》て、ふっと笑《わら》った。

「へえ、やっぱり、そうなのか」

それではじめて、しまったと思《おも》った。

引《ひ》っかけだったんだ。

平然《へいぜん》としていればよかった。

あるいは、とぼけて、あらなんのことですかと聞《き》くとか。

そうすれば、ごまかせただろう。

でもショックであせって、おもわず顔《かお》に出《で》てしまった。

ああ、今度《こんど》こそ、ほんとにバレたっ！

どーしようっ!!

4　小学校《しょうがっこう》と中学校《ちゅうがっこう》のちがいって？

中学生活《ちゅうがくせいかつ》がはじまった。

小学校《しょうがっこう》と一番《いちばん》ちがっていたところは、広《ひろ》い範囲《はんい》から生徒《せいと》がやってきているってこと。

小学校《しょうがっこう》では学区《がっく》があったから、このあたりに住《す》んでる子《こ》はこの小学校《しょうがっこう》って、だいたい決《き》められているよね。

だから同《おな》じような環境《かんきょう》からかよってくる子《こ》が多《おお》かった。

私《わたし》の場合《ばあい》、最初《さいしょ》の家《いえ》もパパとママが亡《な》くなったあと、叔母《おば》さんちに引《ひ》っ越《こ》してからも市《し》内《ない》の住宅地《じゅうたくち》だったから、クラスメートの親《おや》はサラリーマンか公務員《こうむいん》がほとんど。

でも中学《ちゅうがく》では、繁華街《はんかがい》や郊外《こうがい》に住《す》んでる子《こ》もかよってくる。

親《おや》は、会社《かいしゃ》を経営《けいえい》していたり、お店《みせ》をやっていたり、転勤族《てんきんぞく》だったり、いろいろ。

私《わたし》のクラスには、繁華街《はんかがい》の小学校《しょうがっこう》からやってきた「なかよし4人組《にんぐみ》」がいて、休《やす》み時間《じかん》にはいつも固《かた》まっている。

4人《にん》の印象《いんしょう》は、そうだな、「進《すす》んでる」って感《かん》じ、かな。

同《おな》い年《どし》とは思《おも》えないほど、大人《おとな》っぽい。

中心《ちゅうしん》になっているのは原田容子《はらだようこ》って子《こ》で、親《おや》は映画館《えいがかん》とホテルとパチンコ店《てん》を経営《けいえい》してるんだって。

お金持《かねも》ちみたいで、おこづかいもたくさんもらっているらしい。

すっごく大《おお》きな声《こえ》で話《はな》すから、よく聞《き》こえてくるのよ。

ほかの3人《にん》も似《に》たような環境《かんきょう》。

全員《ぜんいん》、言葉《ことば》づかいが乱暴《らんぼう》で、攻撃的《こうげきてき》に聞《き》こえる。

「ムカつく。やっちゃいなよ」

なんてよく話《はな》していて、ちょっと怖《こわ》い。

ラヴラヴの彼氏《かれし》ももういて、それも2人目《ふたりめ》、3人目《にんめ》とか。

制服《せいふく》のスカートも短《みじか》いし、髪型《かみがた》や持《も》ち物《もの》もハデ、携帯電話《けいたいでんわ》もこっそり持《も》ってきている。

光《ひか》るアクセサリーをいっぱいつけてね。

で、いつも4人《にん》いっしょで、すごく団結《だんけつ》してるの。

いろんなことをしっていそうで、話《はな》してみたらおもしろそうにも見《み》えるんだけど、一歩《いっぽ》まちがってにらまれたらこわそうだし、しつこそうにも思《おも》えた。

なんといっても、4人《にん》が一心同体《いっしんどうたい》だもんね。

それで、近《ちか》よらずにいたんだ。

なにしろ私《わたし》は、入学式当日《にゅうがくしきとうじつ》からけっこう有名《ゆうめい》になってしまった身《み》の上《うえ》。

それを、どう思《おも》われてるかわからないからなぁ……。

しばらくはおとなしくして、とにかく忘《わす》れてもらうしかない。

すべては、それからって思《おも》ってたんだ。

同《おな》じクラスといっても、カイは、早朝《そうちょう》から放課後《ほうかご》までグラウンドにいて、授業時間以外《じゅぎょうじかんいがい》はほとんど教室《きょうしつ》にいない。

プランスも学年《がくねん》がちがうし、ほとんど会《あ》えない。

私《わたし》はけっこう、孤独《こどく》だった。

それで、どこか部活《ぶかつ》に入《はい》って、前《まえ》むきに生《い》きるしかないなって思《おも》ったのよ。

どこに入《はい》るかは、2学期《がっき》までに決《き》めればいいらしい。

「部活案内《ぶかつあんない》」を開《ひら》いてみると、プランスは物理部《ぶつりぶ》の部長《ぶちょう》をしていた。

馬術部《ばじゅつぶ》と剣道部《けんどうぶ》には、女公爵《おんなこうしゃく》の写真《しゃしん》がのっていて、おもわずギクッとしてしまった。

そういえば、あれ以来《いらい》、女公爵《おんなこうしゃく》はなにも言《い》ってきていなかった。

たまに廊下《ろうか》ですれちがうと、足《あし》を止《と》めてこっちを見《み》て、ニヤッと笑《わら》うくらい。

あいかわらずかっこいい美少年《びしょうねん》だけど、そのたびにゾクッとするんだよね。

プランスを止《と》めてまで花《はな》をつけにきたのだって、こっそりあれを言《い》うためだったのにちがいない。絶対《ぜったい》、なにかたくらんでいる。

そう考《かんが》えると、その後《ご》、なにも言《い》ってこないのが、すっごく不気味《ぶきみ》だった。

「ここの女子寮《じょしりょう》って、シャーベット寮《りょう》って呼《よ》ばれてるんだってさ。してた？」

その日《ひ》のお昼休《ひるやす》みも、原田容子《はらだようこ》と3人《にん》の仲間《なかま》たちは、窓辺《まどべ》で話《はな》していた。

「毎年《まいとし》3月《がつ》に、寮《りょう》でシャーベットを作《つく》るコンテストをして、一番美味《いちばんおい》しいのを作《つく》った2年《ねん》生《せい》が、4月《がつ》に寮長《りょうちょう》に就任《しゅうにん》するから、だって」

「じゃ、いまの寮長《りょうちょう》の、第《だい》30代女公爵《だいおんなこうしゃく》とかも、シャーベットが上手《じょうず》なんだ」

「女公爵《おんなこうしゃく》のシャーベットって、ちょっと食《た》べてみたいよねー」

「寮《りょう》で週末《しゅうまつ》のお茶会《ちゃかい》っていうのがあってさ、そのときには、女公爵《おんなこうしゃく》がシャーベットを作《つく》るらしいよ。最高《さいこう》の味《あじ》なんだって」

「わっ、そこに招待《しょうたい》された～いっ」

「私《わたし》も、私《わたし》も、私《わたし》も行《い》きたぁ～いっ」

私《わたし》が座《すわ》っている席《せき》の斜《なな》め前《まえ》で、ばさっとノートを閉《と》じる音《おと》がした。

「ああ、うるさいったらっ！」

そう言《い》って、その子《こ》は、私《わたし》のほうを見《み》た。

「ねえ、あなた、そう思《おも》わない？」

急《きゅう》に話《はなし》をふられて、私《わたし》はあせった。

その子《こ》とは、席《せき》が近《ちか》くだったけど、いままで話《はな》したことがなかったんだ。

なにしろ中学《ちゅうがく》は忙《いそが》しい。

科目《かもく》ごとに教室《きょうしつ》を移動《いどう》しなくちゃならないし、授業《じゅぎょう》のスピードは速《はや》いし、宿題《しゅくだい》もたくさん出《で》る。

先週《せんしゅう》、小学生《しょうがくせい》で習《なら》った範囲《はんい》の実力《じつりょく》テストがあったんだけど、1週間後《しゅうかんご》に、成績上位《せいせきじょうい》30人《にん》の名前《なまえ》が廊下《ろうか》に貼《は》りだされたんだ。

小学校《しょうがっこう》は、成績《せいせき》を出《だ》すなんてことなかったのに、中学《ちゅうがく》はきびしいなって思《おも》った。

カイは、ちゃんと9番目《ばんめ》に名前《なまえ》があったよ。

やった、えらいっ！

って、思《おも》っちゃった。

サッカーの練習《れんしゅう》に時間《じかん》をとられてるのに、それでも10位以内《いいない》に入《はい》るのは、すごい。

私《わたし》なんか、かすりもしなかったもん、えへっ。

でも、いいんだ。

だれにでも、自分《じぶん》らしさってあるじゃない？

全体《ぜんたい》のまんなかぐらいをウロウロしてるのが、私《わたし》らしいと思《おも》うもん。

変《か》えようなんて思《おも》わないなぁ。

だけど30位以内《いいない》に入《はい》る自信《じしん》があったのにモレた人《ひと》は、そうとうくやしかったみたい。

3日目《かめ》くらいに、順位《じゅんい》が書《か》かれた貼《は》り紙《がみ》がビリビリに破《やぶ》かれていて、先生《せんせい》たちがあわてて書《か》きなおしていた。

これについては、そのあと、PTAに連絡文書《れんらくぶんしょ》がまわされた。

叔母《おば》さんに見《み》せてもらったけど、授業中《じゅぎょうちゅう》の生徒《せいと》の態度《たいど》が熱心《ねっしん》になったし、質問《しつもん》もふえたから、これからも順位発表《じゅんいはっぴょう》を続《つづ》けたいって書《か》いている先生《せんせい》と、あまり生徒《せいと》を刺激《しげき》したくないって言《い》ってる先生《せんせい》と、両方《りょうほう》がいた。

どっちがいいのかわからないけど、とりあえず私《わたし》は気《き》にしないんだ。

でも、やらなければならないことが多《おお》くて、目《め》の前《まえ》のことに追《お》われてる間《あいだ》にどんどん時《じ》間《かん》がたっていく。

それで私《わたし》は、部活《ぶかつ》も決《き》まっていなかったし、友《とも》だちも作《つく》ることができずにいた。

「うるさいかなぁ……。聞《き》いてると、けっこうおもしろいと思《おも》うけど」

私《わたし》がそう答《こた》えると、その子《こ》は眉《まゆ》の間《あいだ》にタテジワをよせた。

「あきれた。あなたって、お人《ひと》よしね」

そうかなぁ……。

「私《わたし》、丸山都《まるやまみやこ》よ。丸《まる》い山《やま》に、東京都《とうきょうと》の都《と》って書《か》くの」

そう言《い》われて、あっと思《おも》った。

たしか実力《じつりょく》テストの上位《じょうい》30人《にん》の中《なか》に、その名前《なまえ》が入《はい》っていた。

これって、なんて読《よ》むんだろう。

まさか、《まるやま　と》じゃないよねって思《おも》ったから、記憶《きおく》にのこってたんだ。

「付属《ふぞく》からきたの。幼稚園《ようちえん》からずっと松葉《しょうよう》」

付属《ふぞく》ってことは、お嬢《じょう》さまなんだよね。

実力《じつりょく》テストの上位者《じょういしゃ》だと思《おも》って見《み》るせいか、頭《あたま》もよさそうに見《み》えた。

髪《かみ》は、ちょっと茶色《ちゃいろ》がかった天《てん》パで、泡《あわ》みたいにふわふわっとしていて柔《やわ》らかい感《かん》じ。

「小学校《しょうがっこう》のときは、ミャーコって呼《よ》ばれてたんだ」

目《め》はくりっと大《おお》きくて、まるでかわいいネコみたいだった。

それでミャーコなのか、それともミヤコがなまってミャーコなのか、どっちだろう。

「成績《せいせき》は、けっこういいのよ。スポーツも得意《とくい》だけど、もっと上《うえ》をめざそうって思《おも》ってる」

へぇ、すごいなぁ。

「あなたは？」

聞《き》かれて、私《わたし》は、自分《じぶん》の名前《なまえ》を言《い》った。

外部《がいぶ》の小学校《しょうがっこう》からきたことも。

「スズちゃんか。入学式《にゅうがくしき》の日《ひ》は、ずいぶん、めだってたよね」

うう、またその話《はなし》、げんなり……。

私《わたし》が黙《だま》りこむと、ミャーコはくすっと笑《わら》った。

「ねえ、教《おし》えてよ。なんでプランスさまと親《した》しいの？　付属《ふぞく》でも、そういう子《こ》ってあんまりいないんだよ。プランスさまは、どっちかっていうと人間嫌《にんげんぎら》いだから」

なんでって言《い》われても、なぁ……。

こんなとこで、プランスの家庭事情《かていじじょう》を話《はな》すわけにもいかないし。

「えーと、まあ、いろいろと……」

私《わたし》があいまいな答《こた》え方《かた》をしていると、窓《まど》ぎわで原田容子《はらだようこ》たちが大《おお》きな声《こえ》で笑《わら》った。

冗談《じょうだん》まじりの声《こえ》が教室中《きょうしつじゅう》に響《ひび》いてくる。

「ほんとかよぉ〜！」

「怪《あや》しい、怪《あや》しいって！」

ミャーコはじれったそうに体《からだ》を動《うご》かし、それからすっくと立《た》ちあがった。

容子《ようこ》たちのほうにむきなおり、きっぱりとひと言《こと》。

「ちょっとそこ、うるさいんですけど」

げっ、言《い》ったたっ！

容子《ようこ》たちは話《はなし》をやめ、ゆっくりとこちらをふり返《かえ》った！

4人《にん》で合計《ごうけい》8つの目《め》が、力《ちから》をこめて光《ひか》って、私《わたし》は、ゾクッ！

ゾ〜クゾクゾク、ゾクッ!!

できるものなら瞬間移動《しゅんかんいどう》でどこかに逃《に》げるか、それとも消《き》えてなくなってしまいたい気《き》分《ぶん》だった。

ああ、私《わたし》は無関係《むかんけい》なんですケド……。

「なんだ、ミャーコか」

そう言《い》って容子《ようこ》は、こちらをにらんだまま少《すこ》し笑《わら》った。

「あいかわらず優等生《ゆうとうせい》だね。ま、そうカリカリすんな。せっかくいっしょのクラスになったんだからなかよくやろうよ」

言《い》い終《お》わると、もとの姿勢《しせい》にもどってなにごともなかったかのようにまた話《はな》しはじめた。

すぐに大《おお》きな声《こえ》になっていく。

「まったくもうっ！」

腹立《はらだ》たしげに言《い》って、ミャーコは腰《こし》をおろした。

「あの連中《れんちゅう》ときたら、いくら言《い》ってもダメなんだから」

勇気《ゆうき》があると言《い》えばいいのか、恐《おそ》れしらずと言《い》えばいいのか……。

表現《ひょうげん》に悩《なや》みながら、私《わたし》はミャーコに聞《き》いた。

「あの人《ひと》たちとしりあいなの？」

「ん。あいつらも、付属《ふぞく》だから」

しっ、しらんかったっ！

言葉《ことば》づかいが超乱暴《ちょうらんぼう》だけど、意外《いがい》にお嬢《じょう》さまなんだっ!!

「松葉《しょうよう》は名門《めいもん》だけど学力《がくりょく》とお金《かね》があれば入《はい》れるからね。性格《せいかく》の試験《しけん》なんかないし。それで、」

そう言《い》ってからミャーコは、容子《ようこ》たちにむかって大声《おおごえ》を出《だ》した。

「ああいう品《ひん》の悪《わる》いのも、入《はい》ってくるわけ！」

ああ、ケンカを売《う》るようなセリフを堂々《どうどう》と……。

私《わたし》は頭《あたま》をかかえたいような気分《きぶん》で、おそるおそる窓《まど》のほうを見《み》た。

容子《ようこ》たちは、ムッとした顔《かお》で立《た》ちあがっていた。

「おいミャーコ、いい気《き》になるなよ」

げっ、今度《こんど》こそケンカだぁ！

容子《ようこ》を先頭《せんとう》に、全員《ぜんいん》が席《せき》をはなれてこっちにやってくる。

ううっ、どーしようっ！

「おまえ、一度《いちど》シメてやる」

4人《にん》は、私《わたし》までをとりかこむように立《た》ちふさがった。

ああ、絶体絶命《ぜったいぜつめい》。

私《わたし》がおもわず目《め》をつぶった、そのとき。

「おいスズ」

呼《よ》ばれて目《め》を開《あ》けると、入《い》り口《ぐち》のドアからユニフォーム姿《すがた》のカイが顔《かお》を出《だ》していた。

「ソーイングセット、持《も》ってないか？」

ああ、カイの頭《あたま》の上《うえ》に天使《てんし》の輪《わ》が見《み》える……。

「ユニフォーム、破《やぶ》れちゃってさ」

そう言《い》いながら歩《あゆ》みよってきて、カイは容子《ようこ》たちを見《み》まわした。

「え……なんかあったの？」

容子《ようこ》は、ちらっとこちらをにらんで小声《こごえ》で言《い》った。

「おぼえてろよ」

そのまま4人《にん》そろって教室《きょうしつ》から出《で》ていったの。

よかったぁ！

「なんだ、あいつら。感《かん》じ悪《わり》ぃ」

うしろ姿《すがた》を見送《みおく》ってそうつぶやいたカイに、私《わたし》は通学《つうがく》バッグからソーイングセットを出《だ》してわたした。

「はい、これ」

カイは肩《かた》をすくめた。

「いらね。いま、教室《きょうしつ》の前《まえ》を通《とお》りかかったら、なんとなく雰囲気《ふんいき》がヘンだったんで、声《こえ》かけてみただけだから」

私《わたし》が驚《おどろ》いていると、カイはちょっと笑《わら》って片手《かたて》を上《あ》げた。

「もう行《い》かなくっちゃ。じゃ、な」

で、ソッコウ出《で》ていってしまった。

のこされて、私《わたし》は、胸《むね》がじ〜ん！

助《たす》けにきてくれたんだぁって思《おも》って!!

正義《せいぎ》のヒーローみたい。

カッコいい、かも。

「ねぇ」

ミャーコが言《い》った。

「スズちゃんは、冬馬戒《とうまかい》と親《した》しいの？」

そりゃ同《おな》じクラスだったし。

「小学校《しょうがっこう》のクラスメートなんだ」

そう言《い》うと、ミャーコは急《きゅう》に身《み》を乗《の》りだした。

「私《わたし》に紹介《しょうかい》してくれない？」

ええっ!?

5 ピンチ、またピンチ！

「カッコいいよね、カイ」

ミャーコは、胸《むね》の前《まえ》で両手《りょうて》の指《ゆび》をくみあわせて、長《なが》いまつげをパチパチとさせた。

「じつは、ずっと前《まえ》からあこがれてたの。うちのサッカー部《ぶ》の試合《しあい》に応援《おうえん》に行《い》ったとき、カイを見《み》かけて、すっかりファンになっちゃって。いっしょのクラスになれて超《ちょう》うれしいんだけど、近《ちか》よるきっかけがなくって、こまってたんだ」

そっか、カイは、小学生《しょうがくせい》のときからジュニアリーグで活躍《かつやく》してたもんね。

ファンまでいるんだぁ。

「紹介《しょうかい》してくれるでしょ？」

「ん、いいよ」

そうは言《い》ったんだけど、なんかちょっと心《こころ》に引《ひ》っかかった。

たぶん、ミャーコにカイをとられるような気《き》がして、不安《ふあん》になったんだと思《おも》う。

でも、そんな気持《きも》ちって、正《ただ》しくないよね。

友《とも》だちは、しばっておけない。

友《とも》だちは、品物《しなもの》じゃないから。

ひとりじめすることなんてできないんだ。

ミャーコにも、カイとなかよくなる権利《けんり》がある。

それに2人《ふたり》が友《とも》だちになったって、カイと私《わたし》が友《とも》だちでなくなるわけじゃない。

私《わたし》とカイは、いままでどおりに友《とも》だちで、そこにミャーコが加《くわ》わるだけなんだから。

そう考《かんが》えて私《わたし》は、自分《じぶん》を納得《なっとく》させた。

「いつでも紹介《しょうかい》するよ」

ミャーコは、うれしそうにほほえんだ。

「ありがと。あ、スズちゃんはプランスさまとも親《した》しいのよね。彼《かれ》にも紹介《しょうかい》してくれない？」

へっ？

「私《わたし》、プランスさまとも親《した》しくなりたいの。上流階級《じょうりゅうかいきゅう》の人《ひと》とおつきあいしているとプラスになることが多《おお》いと思《おも》うから。私《わたし》ね、したいと思《おも》ったことは全部《ぜんぶ》やるつもりなの。完璧主《かんぺきしゅ》義《ぎ》なんだ」

へぇ、すごいんだ。

でも、いちおう注意《ちゅうい》しといたほうがいいかもね。

「紹介《しょうかい》するのはかまわないけど、でもプランスと親《した》しくなると、けっこうつらいことも多いよ」

すると、ミャーコは力強《ちからづよ》くうなずいた。

「いいの。プランスさまと親《した》しくなれるんなら、どんなことにも耐《た》えてみせる」

へぇ、いい覚悟《かくご》だな。

感心《かんしん》しながら私《わたし》は、ふと心配《しんぱい》になった。

もしかしてミャーコは、プランスのこと、理想《りそう》の王子《おうじ》さまだとでも思《おも》っているんじゃないだろうか。

「えっとさ、プランスって、かなり性格悪《せいかくわる》いよ。それでもいいの？」

瞬間《しゅんかん》、ミャーコは大《おお》きなその目《め》を、きりっとつりあげた。

「あなたっ！　なんのかんの言《い》って、プランスさまを私《わたし》に紹介《しょうかい》するのがいやなわけっ？」

ひぇっ、こわっ！

「突然《とつぜん》、怒《おこ》るの、やめてよ」

そう言《い》うと、ミャーコはふっとまじめな顔《かお》になった。

「あ、ごめん。私《わたし》、おなかに虫《むし》を飼《か》ってるんだ」

ムシぃ？

「怒《おこ》り虫《むし》っていってね、突然出《とつぜんで》てくるの。もし私《わたし》が怒《おこ》ったら、その虫《むし》が出《で》たんだって思《おも》ってくれる？　気《き》にしなくていいから」

ヘンなの。

「じゃ、さっき原田容子《はらだようこ》たちにかみついたのも、その虫《むし》のせい？」

私《わたし》が聞《き》くと、ミャーコはため息《いき》をついた。

「そう。ほんと、やんなっちゃうんだ。私《わたし》はね、成績的《せいせきてき》にも、性格的《せいかくてき》にも、完璧《かんぺき》な優等生《ゆうとうせい》をめざしてるのに、この虫《むし》がときどき、足《あし》を引《ひ》っぱるんだもん」

まあ、怒《おこ》りっぽい人《ひと》に悪《わる》い人《ひと》はいないっていうけど……。

でも、ビビるよね。

「虫《むし》が出《で》るときは、出《で》そうになったら言《い》ってくれると助《たす》かるな。心《こころ》の準備《じゅんび》をするからさ」

私《わたし》がそう言《い》ったとき、入《い》り口《ぐち》のドアのところで、声《こえ》がした。

「1年《ねん》A組《ぐみ》、鈴木美鈴《すずきみすず》さん、いますか？」

女子上級生《じょしじょうきゅうせい》が1人《ひとり》、そこに立《た》っていた。

1年《ねん》の教室《きょうしつ》に上級生《じょうきゅうせい》がやってくることなんてめずらしいから、クラス中《じゅう》が私《わたし》のほうをむく。

私《わたし》は、あわてて立《た》ち上《あ》がった。

「はい、私《わたし》です」

近《ちか》よっていくと、その上級生《じょうきゅうせい》はまるでなにかを読《よ》みあげているような感《かん》じで早口《はやくち》に言《い》った。

「今週《こんしゅう》の土曜日《どようび》、シャーベット寮《りょう》で、定例《ていれい》の『女公爵《おんなこうしゃく》さまのお茶会《ちゃかい》』が開《ひら》かれます。あなたを、それにご招待《しょうたい》します」

げっ！

ついに女公爵《おんなこうしゃく》が行動開始《こうどうかいし》だっ!!

「土曜《どよう》の午後《ごご》1時《じ》30分《ぷん》、私服《しふく》でシャーベット寮《りょう》まで来《き》てください」

こっ、これは、ワナかもしんない。

そう考《かんが》えると、心臓《しんぞう》がドキドキした。

どうしよう、行《い》くべきか、やめとくべきか、う〜ん、悩《なや》むっ！

「同伴者《どうはんしゃ》は1名《めい》までなら認《みと》められます。以上《いじょう》です」

言《い》いはなって上級生《じょうきゅうせい》は、悩《なや》んでいる私《わたし》に目《め》もくれず、そのまま帰《かえ》っていこうとしたっ！

ちょっと待《ま》てっ!!

ふつう、人《ひと》をご招待《しょうたい》したら、来《く》るのか来《こ》ないのか、返事《へんじ》を聞《き》いていくのがジョーシキだと思《おも》うけど。

「あの、返事《へんじ》は、いまでなくてもいいんですか？」

でも今日《きょう》は、もう金曜《きんよう》よ。

お茶会《ちゃかい》、明日《あした》じゃん。

「まあ、返事《へんじ》なんて」

そう言《い》いながら上級生《じょうきゅうせい》は、おかしそうに笑《わら》った。

「いままで聞《き》いたことがありません。女公爵《おんなこうしゃく》さまのお茶会《ちゃかい》に招待《しょうたい》されることは、松葉《しょうよう》の生《せい》徒全員《とぜんいん》の願《ねが》いです。断《ことわ》る人《ひと》なんていないんですから、聞《き》いてもしかたがないでしょう？」

ふん、ゴーマンねっ！

私《わたし》は、行《い》きたくなんかないわよ。

もし行《い》くとしたら、女公爵《おんなこうしゃく》の様子《ようす》をさぐらないと不気味《ぶきみ》だからって理由《りゆう》だけなんだからね。

それがなかったら、いくもんかっ！

「断《ことわ》るときは、どうすればいいんですか」

上級生《じょうきゅうせい》は、信《しん》じられないといったように目《め》を丸《まる》くした。

教室中《きょうしつじゅう》もざわっとする。

「そんなことっ！　正気《しょうき》ですか？」

いちお、正気《しょうき》。

「いままで一度《いちど》もなかったことなので、私《わたし》にはわかりません。お茶会会議《ちゃかいかいぎ》を開《ひら》いて審議《しんぎ》して、結論《けつろん》を出《だ》して、それを女公爵《おんなこうしゃく》さまにご提案《ていあん》して、ご意向《いこう》をうかがってみないと」

あー、めんどくさっ！

「つぎの会議《かいぎ》は来週《らいしゅう》です」

間《ま》にあわないじゃん。

「本当《ほんとう》に断《ことわ》るんですか。人数《にんずう》は正確《せいかく》に報告《ほうこく》するようにと、言《い》われているんです。女公爵《おんなこうしゃく》さまがシャーベットをお作《つく》りになるので」

あ、シャーベットが出《で》るんだっけ。

たしか、最高《さいこう》においしいとか。

「本当《ほんとう》に、本当《ほんとう》に来《こ》ないんですか。来《こ》ないんですね？」

何度《なんど》もたずねる上級生《じょうきゅうせい》に、私《わたし》は力《ちから》をこめて答《こた》えた。

「いえ、行《い》きますっ！」

最高《さいこう》のシャーベットだもんねぇ、行《い》くしかないっ！

6 ワナには、虫《むし》を

シャーベットにつられておもわず行《い》くって言《い》ったけど……。

もし女公爵《おんなこうしゃく》がなにかをしかけてきたら……。

そう考《かんが》えると、私《わたし》は背筋《せすじ》がゾクゾクした。

頭《あたま》の中《なか》にうかんでいたのは、こういう図《ず》だった。

つまり、落《お》とし穴《あな》の手前《てまえ》に美味《おい》しそうなシャーベットをしかけてニヤニヤして待《ま》っている女公爵《おんなこうしゃく》と、ルンルンしてそこにむかっている私《わたし》。

やっぱ、ヤバいかなぁ。

あれこれ考《かんが》えていて、私《わたし》はふと、1名《めい》までならだれかを連《つ》れてきてもいいと言《い》われたことを思《おも》いだした。

で、カイにボディガードをたのもうと思《おも》って電話《でんわ》してみたのよ。そしたら、

「スポーツ特待生《とくたいせい》の土曜《どよう》の午後《ごご》は、やっぱスポーツ」

と言《い》われた。

たしかに、そうだよねぇ。

「でも、どうしてもって言《い》うんならなんとかするけど。なにがあんの？」

そこで私《わたし》は、じつは女公爵《おんなこうしゃく》が私《わたし》の秘密《ひみつ》をしっているらしいと言《い》いかけて、はっとした。

「いえ、なんでもないの。じゃ、ね」

だめだっ、カイにも秘密《ひみつ》だったっ！

ということは、プランスにもたのめないってことで、う〜ん、1人《ひとり》で行《い》くしかない。

いったいなにが待《ま》ちかまえているんだろう。

こっ、こわいよっ！

でも、シャーベットの誘惑《ゆうわく》には勝《か》てない、私《わたし》……。

みすみすワナにかかるとわかってても、最高《さいこう》といわれるシャーベットが私《わたし》を招《まね》くのっ！

もういい、シャーベットと心中《しんじゅう》するかくごを決《き》めるからっ!!

自分《じぶん》の食《く》い意地《いじ》を呪《のろ》いつつ、私《わたし》は、ため息《いき》をつきながら翌日《よくじつ》をむかえた。

お昼《ひる》に授業《じゅぎょう》が終《お》わってから、いったん自分《じぶん》の家《いえ》にもどって私服《しふく》に着換《きが》えて、また学校《がっこう》まで来《き》たんだ。

くっそ、暑《あつ》いのに疲《つか》れる。

こうなったら、山《やま》のようにシャーベットを食《く》ってやるから、みてるがいいっ！

シャーベット女子寮《じょしりょう》は、学園《がくえん》の敷地《しきち》の南側《みなみがわ》の、そこだけ小高《こだか》い丘《おか》のような場所《ばしょ》にあった。

見《み》た瞬間《しゅんかん》に、私《わたし》にはピンときた。

この建物《たてもの》って、設計中《せっけいちゅう》に絶対《ぜったい》、プランスのママが口《くち》を出《だ》している、って。

だって壁《かべ》は真《ま》っ白《しろ》で、窓《まど》ワクはベビーピンク。

その内側《うちがわ》には、ビラビラとフリルのついたレースのカーテンが揺《ゆ》れてるんだもの……。

ママの趣味《しゅみ》に、まちがいないっ！

「ス〜ズちゃん」

投《な》げかけるように呼《よ》ばれてふり返《かえ》ると、そこに、私服《しふく》を着《き》たミャーコが立《た》っていた。

「だれか連《つ》れてきてもいいって言《い》われてたでしょ。私《わたし》でどう？」

うっ、どうしよう！

そりゃ2人《ふたり》のほうが心強《こころづよ》いにはちがいないけど、女公爵《おんなこうしゃく》の出方《でかた》しだいでは、秘密《ひみつ》がミャーコにバレる可能性《かのうせい》があるっ!!

「あなたがお茶会《ちゃかい》に招待《しょうたい》されたことは、原田容子《はらだようこ》たちもしってるじゃない？　彼女《かのじょ》たち、行《い》きたがってたから、すっごく嫉妬《しっと》すると思《おも》うよ〜。いじめられるんじゃない？」

ああ、そうだった！

わーん、私《わたし》の状況《じょうきょう》、どんどん悲惨《ひさん》になってるっ!!

「私《わたし》と2人《ふたり》で行《い》けば、1人《ひとり》で行《い》くよりめだたなくてすむと思《おも》うよ。それに2人《ふたり》でくんでいれば、1人《ひとり》より強《つよ》いし」

たしかに、そうかもなぁ……。

このさい、味方《みかた》を作《つく》っておく必要《ひつよう》があるかもしれない。

ミャーコは頭《あたま》よさそうだし、怒《おこ》り虫《むし》を飼《か》ってる強《つよ》い子《こ》だからたのもしそうだし。

女公爵《おんなこうしゃく》のワナにも対抗《たいこう》できるかもしれない。

ワナVS《バーサス》虫《むし》って、いいかも。

「じゃ、いっしょに行《い》こう」

私《わたし》が言《い》うと、ミャーコは、ふふっと笑《わら》った。

「そう言《い》ってくれると思《おも》ってた。一番《いちばん》いい服《ふく》、着《き》てきたんだ」

ミャーコが着《き》ていたのは、カナリア色《いろ》のワンピースだった。

「スカートがシワになりやすいから、座《すわ》るときにはこうして両手《りょうて》でなでながら座《すわ》んなくっちゃならないの。でも、お気《き》に入《い》りなんだ」

半透明《はんとうめい》でふわっとしたジョーゼット地《じ》で、スカート部分《ぶぶん》にラインストーンのかざりがついていて、ドレスみたい。

靴《くつ》も白《しろ》い革《かわ》で、ラインストーンの花《はな》がついて

いた。

その輝《かがや》きがミャーコの瞳《ひとみ》に反射《はんしゃ》して、キラキラしている。

私《わたし》はおもわず、自分《じぶん》の服《ふく》を見《み》おろした。

ただのパーカーに、Tシャツと半《はん》パン、スニーカー。

はたして、よかったのだろーか、これで……。

「楽《たの》しみね。女公爵《おんなこうしゃく》さまの作《つく》るシャーベット。同《おな》じ氷菓《ひょうか》でも、アイスクリームだとなんとなくガキっぽいけど、シャーベットってところがセンスいいよね」

そっかな。

私《わたし》、アイスクリームも好《す》きだけど。

「シャーベットは脂肪分《しぼうぶん》が入《はい》ってないから、アイスクリームとちがって太《ふと》るのを気《き》にしなくてもいいのよ」

そう言《い》いながらミャーコは、ちらっと私《わたし》のおなかのあたりを見《み》た。

「スズちゃん、アイスクリーム、好《す》きでしょ」

くっ！

7 お茶会《ちゃかい》は、優雅《ゆうが》？

「ようこそ、女公爵《おんなこうしゃく》さまのお茶会《ちゃかい》へ」

寮《りょう》の玄関《げんかん》でチャイムをならすと、出《で》てきた上級生《じょうきゅうせい》がそう言《い》った。

「今日《きょう》のお茶会《ちゃかい》は、廊下《ろうか》のつきあたりの『ハープの間《ま》』で開《ひら》きます。さ、どうぞ」

上級生《じょうきゅうせい》のあとについて、私《わたし》とミャーコは長《なが》い廊下《ろうか》を歩《ある》いた。

「ご招待《しょうたい》のお客《きゃく》さまがおつきになりました」

開《あ》けられたドアのむこうに、丸《まる》くて明《あか》るい部屋《へや》が広《ひろ》がっていた。

全面《ぜんめん》に窓《まど》があり、そのむこうはベランダで、芝生《しばふ》の庭《にわ》が見《み》える。

部屋《へや》の中《なか》には、いくつものソファや椅子《いす》がおかれていて、20人《にん》ほどの男女《だんじょ》の上級生《じょうきゅうせい》たちが思《おも》い思《おも》いに話《はな》したり、チェスをしたり、本《ほん》を読《よ》んだり、ゲームをしたりしていた。

だれもが上品《じょうひん》な服《ふく》を着《き》ていて、話《はな》し方《かた》も静《しず》か、大声《おおごえ》で笑《わら》う人《ひと》なんて、1人《ひとり》もいなかった。

部屋《へや》のすみに大《おお》きなハープがあり、1人《ひとり》の上級生《じょうきゅうせい》がそれを弾《ひ》いている。

少《すこ》し悲《かな》しげな感《かん》じのする、きれいなメロディだった。

「1年《ねん》A組《ぐみ》の鈴木美鈴《すずきみすず》さんが、いらっしゃいました」

上級生《じょうきゅうせい》たちは、ちょっと手《て》を休《やす》めて、こっちを見《み》た。

私《わたし》はすごく緊張《きんちょう》して、あいさつしなきゃいけないんだろうか、なにも考《かんが》えてこなかったけど、どうしよう、なんてドキドキしていた。

でもみんな、すぐ自分《じぶん》の世界《せかい》にもどっていって、私《わたし》とミャーコはこう言《い》われた。

「どうぞ、お好《す》きなところにかけて、自由《じゆう》におすごしください」

それで私《わたし》たちは、あいているソファに腰《こし》をおろしたんだけど、なんとなく落《お》ちつかなかった。

ミャーコが、小声《こごえ》で言《い》った。

「こういうとこで静《しず》かに楽《たの》しめるって、すごいね。みんな、大人《おとな》だね。そう思《おも》わない？」

「ん〜、そうだね」

SCIENCE
SCIENCE

そう言《い》いながらあたりを見《み》まわしていると、窓辺《まどべ》にある1人《ひとり》がけの安楽椅子《あんらくいす》に座《すわ》っている男子上級生《だんしじょうきゅうせい》が目《め》についた。

のばした長《なが》い足《あし》を足《あし》かけに乗《の》せて、顔《かお》の前《まえ》に大《おお》きな雑誌《ざっし》を広《ひろ》げている。

その雑誌《ざっし》はアメリカのもので、ぜ〜んぶ、英語《えいご》だった。

上級生《じょうきゅうせい》になると、あんなの読《よ》むんだ、すごいなぁ……。

感心《かんしん》して見《み》つめる私《わたし》の前《まえ》で、その上級生《じょうきゅうせい》がふっと雑誌《ざっし》をおろした。

「おもしろい記事《きじ》が出《で》ている」

雑誌《ざっし》のむこうから現《あらわ》れたその顔《かお》は、プランスだった。

へぇ、来《き》てたんだ。

そう思《おも》いながら見《み》ていたら、ふっと目《め》があった。

「スズ」

驚《おどろ》いたらしく、プランスは長《なが》いまつげをぱちぱちっとまたたかせた。

「いつきたんだ?」

あのねぇ、フツーに、さっきよ。

あんたってあいかわらず、他人《たにん》のことには、あきれるほど無関心《むかんしん》だよね。

「それ、英語《えいご》？　プランスって、いくつの国《くに》の言葉《ことば》がわかるの？」

私《わたし》が聞《き》くと、プランスはわずかに首《くび》をかしげた。

サラサラの髪《かみ》が揺《ゆ》れて、きれいなカーブを描《えが》いたほおにふりかかる。

超《ちょう》、美形《びけい》っ！

いいな、いいな、私《わたし》もあのくらいきれいな顔《かお》がほしかったな。

「母国語《ぼこくご》がフランス語《ご》とスウェーデン語《ご》で、母《はは》から日本語《にほんご》を習《なら》って、パリの学校《がっこう》でドイツ語《ご》と英語《えいご》を習《なら》って、趣味《しゅみ》でハンガリー語《ご》をやってて、フランス語《ご》と似《に》てるイタリア語《ご》はなんとなくできるようになって、あとはアフリカの部族《ぶぞく》の言葉《ことば》をいくつか」

なんでアフリカまでっ？

私《わたし》が目《め》をむくと、プランスはバカにしたようにうっすらと笑《わら》った。

「どうせ、理由《りゆう》がわからないんだろ。支援活動《しえんかつどう》のためだ」

支援活動《しえんかつどう》って、ボランティアのことだよね、びっくりっ！

だってプランスとボランティアほど、似《に》あわないものはないものっ!!

まるでオオカミが子羊《こひつじ》の世話《せわ》をしてる感《かん》じだぁ……。

「ボランティアとか言《い》うなよ。私《わたし》がしているのは王族《おうぞく》の義務《ぎむ》のひとつ、『施《ほど》し』だ」

げっ！

こいつって、やっぱり性格最悪《せいかくさいあく》っ!!

私《わたし》があきれて横《よこ》をむいていると、そばにいた上級生《じょうきゅうせい》たちがつぎつぎと言《い》った。

「プランスさま、おもしろいって、どんな記事《きじ》なんですか」

「話《はな》してください、プランスさま」

部屋中《へやじゅう》の注目《ちゅうもく》を集《あつ》めながら、プランスは雑誌《ざっし》を手《て》にして立《た》ちあがった。

「カリフォルニア工科大《こうかだい》の研究《けんきゅう》チームの発表《はっぴょう》だ。ハエの飛《と》び立《た》つ速度《そくど》について」

どこがおもしろいんだ、そんなのっ！

う〜ん、プランスの頭《あたま》の中《なか》って、わからんっ!!

「1秒《びょう》で5400コマの録画《ろくが》ができる高解像度《こうかいぞうど》・高速度《こうそくど》カメラを使《つか》って、ハエをたたく瞬《しゅん》間《かん》を撮影《さつえい》する実験《じっけん》をしたらしい。その結果《けっか》、ハエの神経《しんけい》の中《なか》には、危険《きけん》を察知《さっち》すると、その危険《きけん》と反対側《はんたいがわ》に飛《と》び立《た》てるような仕組《しく》みがあるらしいことがわかった。ちなみに、危険《きけん》を察知《さっち》してから飛《と》び立《た》つまでの時間《じかん》は、0・2秒《びょう》だ」

うう、速《はや》いっ！

ハエってすごい。尊敬《そんけい》してしまいそう。

「スズ、おまえが喜《よろこ》ぶような記事《きじ》も出《で》てるぞ」

そう言《い》いながらプランスは雑誌《ざっし》を持《も》ちあげ、大《おお》きな声《こえ》で読《よ》みあげた。

「アメリカおよびオランダの研究《けんきゅう》チームの発表《はっぴょう》によれば、これまで大人《おとな》になると、なくなると思《おも》われていた褐色脂肪組織《かっしょくしぼうそしき》が、大人《おとな》の体《からだ》にも存在《そんざい》していることがたしかめられた」

なによ、それって。

私《わたし》、ちっとも喜《よろこ》べないけど……。

キョトンとしていると、プランスはため息《いき》をついた。

「日本語《にほんご》に直《なお》しただけじゃ、わからんのか。手間《てま》のかかるヤツだ」

悪《わる》かったわねっ！

「つまり、こういうことだ。人間《にんげん》の体《からだ》の中《なか》の脂肪組織《しぼうそしき》には、2種類《しゅるい》がある。ひとつは白色《はくしょく》脂肪組織《しぼうそしき》といって、脂肪《しぼう》をためる働《はたら》きをもつもの。もうひとつは褐色脂肪組織《かっしょくしぼうそしき》といって、脂肪《しぼう》を燃《も》やして熱《ねつ》にする働《はたら》きをもつものだ。褐色脂肪組織《かっしょくしぼうそしき》は、いままでは、子《こ》どものうちに消《き》えてなくなるといわれていた。それが大人《おとな》にもあるってことがわかって、これを活用《かつよう》すれば、肥満《ひまん》の解決《かいけつ》につながるんじゃないかと期待《きたい》されているって話《はなし》だ」

わっ、すごいじゃん！

もっとどんどん研究《けんきゅう》を進《すす》めて、私《わたし》の肥満《ひまん》を解消《かいしょう》して……って、失礼《しつれい》ねっ！

私《わたし》、肥満《ひまん》じゃないわよっ！

ただちょっと、ふくよかなだけじゃん。

私《わたし》がにらむと、プランスはくすっと笑《わら》って、雑誌《ざっし》のむこうにかくれた。

くっそ！

「みなさま」

私《わたし》たちを案内《あんない》してくれた上級生《じょうきゅうせい》が、手《て》に持《も》っていた電話機《でんわき》をおきながら部屋《へや》の中《なか》を見《み》まわして、静《しず》かに言《い》った。

「ただいま、女公爵《おんなこうしゃく》さまが台所《だいどころ》をご出発《しゅっぱつ》になったそうです。間《ま》もなく、こちらにご到着《とうちゃく》になると思《おも》いますので、拍手《はくしゅ》でお迎《むか》えください」

え……、お客《きゃく》さまの私《わたし》たちが到着《とうちゃく》したときには、拍手《はくしゅ》なんてなかったのに。

とことん女公爵中心《おんなこうしゃくちゅうしん》なのね。

そう思《おも》いながら待《ま》っていると、やがて大《おお》きな声《こえ》が響《ひび》いた。

「おいっ、ついたぞ。ドアを開《あ》けろ」

上級生《じょうきゅうせい》たちが飛《と》びつくようにしてドアを開《あ》ける。

そこに、大《おお》きな銀色《ぎんいろ》のトレーを持《も》った女公爵《おんなこうしゃく》が立《た》っていたの。

トレーの上《うえ》には、これまた大《おお》きな銀色《ぎんいろ》のボウルが乗《の》っていて、赤《あか》いシャーベットが山盛《やまも》りっ！

わぁ、イチゴシャーベットだ、感動《かんどう》っ!!

「さ、盛《も》りつけるぞ。係員《かかりいん》、グラスを出《だ》せ」

数人《すうにん》の上級生《じょうきゅうせい》たちが大《おお》いそぎで、ドアの近《ちか》くにおかれていたカップボードから脚《あし》のついたグラスをとりだした。

まるでワイン・グラスのようなかたちをしたそれを両手《りょうて》に持《も》ち、順番《じゅんばん》に女公爵《おんなこうしゃく》の前《まえ》に立《た》つ。

銀《ぎん》のスプーンをつかんだ女公爵《おんなこうしゃく》が、そのグラスに手早《てばや》く、ざっぱざっぱとシャーベットを盛《も》りつけた。

「つぎ、はい、つぎ、はい、つぎ」

で、グラスにスプーンをつけて、みんなに配《くば》ってくれたの。

「みんな、自分《じぶん》の分《ぶん》はあるな。よし、食《く》え」

私《わたし》は勇《いさ》んでシャーベットを口《くち》に運《はこ》んだ。

すっごく、美味《おい》しかった。

さくさくとした細《こま》かな氷《こおり》のかけらが口《くち》の中《なか》でヒヤッととけて、ジワッとしみ通《とお》って、甘《あま》くてさわやかで、どこかにイチゴのすっぱさがのこっていて、もう最高《さいこう》っ！

来《き》てよかった、ほんとっ!!

涙《なみだ》、出《で》るくらい美味《おい》しい。

「……なんか、イメージがちがう」

そうつぶやいたのは、ミャーコだった。

見《み》ると、私《わたし》のとなりで、悲《かな》しげに凍《こお》りついていた。

「これって噂《うわさ》にきく『女公爵《おんなこうしゃく》さまのお茶会《ちゃかい》』なんでしょ。優雅《ゆうが》で美《うつく》しい午後《ごご》のはずよね。小等部《しょうとうぶ》のときからずっと、ここに招《まね》かれるのを夢見《ゆめみ》てきたのに……おそば屋《や》さんの出前《でまえ》みたいに走《はし》って持《も》ってきて、馬《うま》のエサみたいに無造作《むぞうさ》にバサバサと盛《も》りつけて、そのあげくに『食《く》え』って……ちがう！　『女公爵《おんなこうしゃく》さまのお茶会《ちゃかい》』は、こんなんじゃないっ!!」

いまにも泣《な》きださんばかり。

あーあ、かわいそ。

あんまり美《うつく》しいイメージばっか広《ひろ》げすぎるからだよ。

この調子《ちょうし》じゃプランスを紹介《しょうかい》しても、きっと傷《きず》つくよね。

ひどい毒舌《どくぜつ》だからなぁ……。

「とにかく食《た》べてみれば？　ミャーコ。すっごく美味《おい》しいから」

なぐさめようとして私《わたし》がそう言《い》うと、ミャーコはようやく気《き》をとり直《なお》して、グラスの中《なか》に入《はい》っていたスプーンをとりあげようとした。

そのときっ！

「なんだ。おまえは食《く》わないのか」

そばを通《とお》りかかった女公爵《おんなこうしゃく》が、ミャーコのグラスのシャーベットが減《へ》っていないのに目《め》を留《と》めて言《い》った。

「シャーベットが嫌《きら》いなんだな。ムリしなくてもいいぞ」

そう言《い》いながらミャーコの手《て》からグラスをとりあげて、その中味《なかみ》を、かぱっと自分《じぶん》の口《くち》の中《なか》にほうりこんでしまったのだった。

「こんなにうまいのに。それがわからんなんて、かわいそうなヤツだ」

空《から》になったグラスをミャーコの手《て》にもどして、女公爵《おんなこうしゃく》は平然《へいぜん》と立《た》ち去《さ》っていった。

ミャーコは、私《わたし》にすがりついて、号泣《ごうきゅう》せんばかりっ！

「よしよし、よしよし、よしよし」

私《わたし》は、ひたすら頭《あたま》をなでて、なぐさめた。

「みんな、食《た》べ終《お》わったか」

そう言《い》いながら女公爵《おんなこうしゃく》は、窓《まど》に囲《かこ》まれた部屋《へや》の、ただひとつの壁《かべ》の前《まえ》においてある大《おお》きなひじかけ椅子《いす》に腰《こし》をおろした。

それは、すごくきれいな椅子《いす》だった。

赤《あか》いビロード張《ば》りで、カーブを描《えが》いた背《せ》もたれがひじかけのほうまで続《つづ》いていて、体《からだ》をすっぽり包《つつ》みこむようになっている。

ひじかけの部分《ぶぶん》には、金《きん》の王冠《おうかん》をかぶった白鳥《はくちょう》がついていた。

そこに座《すわ》って高《たか》く足《あし》をくみ、２羽《わ》の白鳥《はくちょう》に両腕《りょううで》を乗《の》せた女公爵《おんなこうしゃく》は、さすがに気品《きひん》があった。

でも、どうしても美少年《びしょうねん》にしか見《み》えないっ！

私《わたし》は、こっそりプランスのほうを見《み》た。

こっちは、どうしても美少女《びしょうじょ》としか見《み》えないっ！

ああ、みょうな血《ち》の流《なが》れを感《かん》じるぅ……。

「終《お》わっているようだな。では、めんどうな習慣《しゅうかん》が片《かた》づいたところで、とっとと用件《ようけん》に入《はい》る」

女公爵《おんなこうしゃく》がそう言《い》うのを聞《き》いて、私《わたし》は、がぁんとしてしまった。

女公爵《おんなこうしゃく》にとって、これは、めんどうなことだったんだとわかって。

それで、なげやりな態度《たいど》だったわけね。

でも、なんでだろう。

シャーベットを作《つく》るなんて、すごくおもしろいことなのに、な。

「今日《きょう》は、緊急《きんきゅう》の議題《ぎだい》がある。みんな、座《すわ》ってくれ」

全員《ぜんいん》が、そばにあった椅子《いす》やソファに腰《こし》をおろす。

私《わたし》は、２人《ふたり》がけの長椅子《ながいす》を見《み》つけてミャーコの手《て》をひっぱった。

「あそこに、しよ」

それは地模様《じもよう》を織《お》りだした青絹《あおぎぬ》の布《ぬの》を張《は》った椅子《いす》で、座《すわ》り心地《ごこち》がとてもよかった。

私《わたし》はドスンと座《すわ》ったけれど、ミャーコは両手《りょうて》をおしりにあてて、ワンピースがシワにならないようにそっと腰《こし》かけた。

「緊急議題《きんきゅうぎだい》というのは、７月《がつ》に行《おこな》われる新入生臨海授業《しんにゅうせいりんかいじゅぎょう》についてだ」

そう言《い》われて、入学《にゅうがく》のときにもらった学校案内《がっこうあんない》の行事《ぎょうじ》の欄《らん》を思《おも》いだした。

たしか新入生《しんにゅうせい》は、夏休《なつやす》みに入《はい》る日《ひ》から1週間《しゅうかん》、千葉県《ちばけん》と神奈川県《かながわけん》にある松葉学園《しょうようがくえん》の5か所《しょ》の臨海寮《りんかいりょう》に分《わ》かれて特別授業《とくべつじゅぎょう》をすると、書《か》いてあった。

臨海《りんかい》といえば、海《うみ》っ！

わーい、海《うみ》の家《いえ》に行《い》けるんだって思《おも》って喜《よろこ》んでいたんだけど、それがなにか？

「4か所《しょ》については問題《もんだい》がないが、千葉浅沼《ちばあさぬま》にある女子寮《じょしりょう》は、今年《ことし》はまずいと思《おも》う」

は？

「なんでですか？」

上級生《じょうきゅうせい》の1人《ひとり》が聞《き》いた。

「毎年使《まいとしつか》っている場所《ばしょ》ですし、なんの問題《もんだい》もおきていませんけど」

女公爵《おんなこうしゃく》は腕《うで》をくんで片手《かたて》を立《た》て、自分《じぶん》のあごをつまみながらプランスのほうを見《み》た。

「プランス、今年《ことし》がなんの年《とし》か、しってるよな？」

プランスは、わずかに眉《まゆ》を上《あ》げた。

「なにが言《い》いたいんだ」

女公爵《おんなこうしゃく》は、不敵《ふてき》な感《かん》じのする笑《え》みをうかべた。

「シャーベット女公爵《おんなこうしゃく》の伝説《でんせつ》のことさ」

えっ、それはなにっ？

なんだか、とってもおもしろそうっ！

おもわず身《み》を乗《の》りだす私《わたし》の前《まえ》で、プランスは、緊張《きんちょう》した表情《ひょうじょう》になった。

もともと血《ち》の気《け》がなくて真《ま》っ白《しろ》なのに、それがすうっと青白《あおじろ》くなっていったの。

まるで大理石《だいりせき》の彫像《ちょうぞう》みたいに、きれいだった！

「あれか」

そう言《い》って、プランスは目《め》をふせた。

白《しろ》いほおに、長《なが》いまつげの影《かげ》が落《お》ちて、これまた美《うつく》しい。

なにをしても絵《え》になるって、すごいかも。

「たしかに、今年《ことし》は、呪《のろ》いの年《とし》だ」

えっ、それはなにっ？

いったいなんの呪《のろ》いなのっ!?

8
思《おも》いがけないにらみあい

「そうだ。だから、あそこは使《つか》えない」

そう言《い》いながら女公爵《おんなこうしゃく》は、みんなを見《み》まわした。

「浅沼《あさぬま》が使《つか》えないとなると、いそいでほかの場所《ばしょ》を探《さが》さなくちゃならない。学校側《がっこうがわ》も時間《じかん》が必要《ひつよう》だろうから、できるだけ早《はや》く申《もう》し入《い》れをしたいんだ。今日《きょう》ここで、シャーベット寮《りょう》としての意見《いけん》をまとめておきたい。寮生以外《りょうせいいがい》の諸君《しょくん》は、ちょっと傍聴《ぼうちょう》にまわってくれ」

すると、ミャーコが立《た》ちあがって言《い》った。

「えっと、わからないんですけど、なんで今年《ことし》はその寮《りょう》を使《つか》うとまずいんですか。それから呪《のろ》いって、なんですか」

ん、もっともな質問《しつもん》だ。

「おまえ……」

女公爵《おんなこうしゃく》は、目《め》に冷《つめ》たい輝《かがや》きをうかべてミャーコを指《ゆび》さした。

「私《わたし》がいま、寮生《りょうせい》以外《いがい》は黙《だま》っていろと言《い》ったのが聞《き》こえなかったのか。それとも、聞《き》こえていてムシしたのか。どっちだっ？」

ひえっ！

私《わたし》はおもわず、首《くび》をすくめた。

「引《ひ》っこんでいろっ！」

どなられて、ミャーコはあわてて椅子《いす》に腰《こし》をおろした。

ワンピースのシワをのばすことも忘《わす》れて座《すわ》ってしまい、顔《かお》は真《ま》っ赤《か》で、いまにも泣《な》きだしそうだった。

なんとかしてあげたくて、私《わたし》はおもわず立《た》ちあがった。

「そんな言《い》い方《かた》、しないでください」

みんなが、驚《おどろ》いたようにこっちを見《み》た。

わっ、この私《わたし》に注目《ちゅうもく》が集《あつ》まってるっ！

そう思《おも》ったとたんに、体《からだ》の奥《おく》からグワッとエネルギーがわきだしてきて、私《わたし》はいきおいよくしゃべってしまった。

「ムシとかじゃないです。その話《はなし》が気《き》になって、おもわず聞《き》きたくなっただけだと思《おも》います。丸山《まるやま》さんは、このお茶会《ちゃかい》をすごく楽《たの》しみにしていたんです。女公爵《おんなこうしゃく》さまをムシするようなことは絶対《ぜったい》にありません。わかってください」

言《い》い終《お》わってから、女公爵《おんなこうしゃく》の目《め》にムッとしたような光《ひかり》がきらめいていることに気《き》づいて、はっとした。

まずいっ！

女公爵《おんなこうしゃく》は、私《わたし》の秘密《ひみつ》をにぎっている人《ひと》だった。

怒《おこ》らせたら、みんなにバラすかもしれない。

きゃぁぁぁ、どーしようっ！

私《わたし》がパニックしていると、女公爵《おんなこうしゃく》は、目《め》に力《ちから》をこめて私《わたし》をにらんだ。

「どうも今年《ことし》の1年生《ねんせい》は、なまいきなようだな」

それで、私《わたし》はまともに女公爵《おんなこうしゃく》とにらみあいっ！

うっ、この先《さき》どうなるんだろう。

ごくんと息《いき》をのんだとき、突然《とつぜん》、プランスが口《くち》を開《ひら》いた。

「1年生《ねんせい》なんかを、まともに相手《あいて》にしている、おまえもおまえだ」

からかうような笑《わら》いをうかべて、女公爵《おんなこうしゃく》を見《み》る。

「話《はな》してやればいいじゃないか。寮生《りょうせい》の中《なか》にだって、しらない連中《れんちゅう》がいるだろう。私《わたし》もくわしくはしらない。あまり興味《きょうみ》がなかったからな」

女公爵《おんなこうしゃく》はため息《いき》をついて、ぐるっと部屋《へや》の中《なか》を見《み》まわした。

「浅沼《あさぬま》の女子寮《じょしりょう》の伝説《でんせつ》をしらないヤツは、手《て》を上《あ》げろ」

するとね、ずらっと手《て》が上《あ》がったのよ。

やっぱ、みんなしらなかったみたい。

女公爵《おんなこうしゃく》は、頭《あたま》をかかえた。

「なんで、自分《じぶん》の学校《がっこう》の寮《りょう》に伝《つた》わる話《はなし》をしらないんだ。おまえら、みんな、バカか……」

プランスは、めずらしく楽《たの》しげな笑《わら》い声《ごえ》をたてた。

「あきらめて、話《はな》すんだな」

そう言《い》いながら、私《わたし》のほうを見《み》て、かるくうなずいた。

うまく切《き》りぬけられてよかったなって、言《い》っているみたいだった。

あ、もしかして、かばってくれたのかな。

ちょっとそう思《おも》ったんだけど、まさかね。

性格悪《せいかくわる》いプランスが、人《ひと》をかばうなんてこと、ないよ。

私《わたし》がこまってれば、喜《よろこ》ぶんだもん。

口《くち》をはさんだのは、きっと女公爵《おんなこうしゃく》をからかいたかっただけだ、うん。

「しょうがない。めんどうだが、話《はな》してやろう。よく聞《き》けよ」

そう前《まえ》おきして、女公爵《おんなこうしゃく》は、浅沼《あさぬま》の女子寮《じょしりょう》に伝《つた》わる伝説《でんせつ》を話《はな》しだした。

それは、ほんとつ、ゾクゾクするような話《はなし》だった。

9 女公爵《おんなこうしゃく》の伝説《でんせつ》

松葉学園《しょうようがくえん》の浅沼女子寮《あさぬまじょしりょう》は、千葉県《ちばけん》の内房《うちぼう》、つまり東京湾側《とうきょうわんがわ》にある。

いまから50年前《ねんまえ》に建《た》てられた館《やかた》を買《か》いとって、寮《りょう》にしたものだ。

この館《やかた》を建《た》てたのは、日本文化《にほんぶんか》にあこがれて、よく日本《にっぽん》に旅行《りょこう》にきていたフランス貴族《きぞく》シャーベット女公爵《おんなこうしゃく》だった。

あ、シャーベットというのは日本《にっぽん》での呼《よ》びかたで、フランス本国《ほんごく》では、ソルベ女公爵《おんなこうしゃく》という。

古《ふる》い名門貴族《めいもんきぞく》で、この家《いえ》には16世紀《せいき》からのシャーベットのレシピ（作《つく》り方《かた》）が伝《つた》わっているんだ。

当主《とうしゅ》は代々《だいだい》、このレシピを使《つか》いこなせないと資格《しかく》を剝奪《はくだつ》されることになっている。

それで公爵家《こうしゃくけ》を相続《そうぞく》するときには、必死《ひっし》でシャーベットの作《つく》り方《かた》を身《み》につける。100種類以上《しゅるいいじょう》も、おぼえなければならないらしい。

女公爵《おんなこうしゃく》は、25歳《さい》で当主《とうしゅ》となった。

千葉県浅沼《ちばけんあさぬま》の海岸《かいがん》に別荘《べっそう》を建《た》てて、夏《なつ》だけ住《す》むようになったのは、30歳《さい》のときだ。

この女公爵《おんなこうしゃく》には、同《おな》い年《どし》のイトコがいた。

このイトコは、まだ幼《おさな》いころに両親《りょうしん》に死《し》なれて公爵家《こうしゃくけ》に引《ひ》きとられ、成人《せいじん》してからはメイドとして働《はたら》いていたんだ。

「イトコ似《に》」という言葉《ことば》があるが、女公爵《おんなこうしゃく》とこのイトコは、双子《ふたご》のようにそっくりだったそうだ。

夏《なつ》になると、女公爵《おんなこうしゃく》とイトコは、いっしょにこの別荘《べっそう》にやってきてすごしていた。

そのうちに女公爵《おんなこうしゃく》は、近《ちか》くの地主《じぬし》の息子《むすこ》としりあって、恋《こい》に落《お》ちる。

彼《かれ》らは、結婚《けっこん》を約束《やくそく》した。

ところが、この青年《せいねん》は、しだいに女公爵《おんなこうしゃく》よりもイトコに惹《ひ》かれるようになったんだ。

イトコも彼《かれ》を好《す》きになり、2人《ふたり》は女公爵《おんなこうしゃく》にないしょでデートを重《かさ》ねていた。

ある日《ひ》、そのことに気《き》づいた女公爵《おんなこうしゃく》は、イトコのあとをつけて、2人《ふたり》が密会《みっかい》している現場《げんば》を自分《じぶん》の目《め》でたしかめたんだ。

そして、復讐《ふくしゅう》を考《かんが》えた。

どうしたと思《おも》う？

2人《ふたり》を呪《のろ》って、海《うみ》に姿《すがた》を消《け》したんだよ。

それは、皆既日食《かいきにっしょく》の日《ひ》だった。

わざわざその日《ひ》を選《えら》んだんだ。

女公爵《おんなこうしゃく》が生《う》まれた地方《ちほう》には、月《つき》には魔力《まりょく》が宿《やど》っているという言《い》い伝《つた》えがある。

月《つき》の力《ちから》が最大《さいだい》になるときに呪《のろ》いをかけると、それが叶《かな》うといわれているんだ。

逆《ぎゃく》に、太陽《たいよう》には魔力《まりょく》を払《はら》いのける力《ちから》があるんだが、皆既日食《かいきにっしょく》では、太陽《たいよう》が月《つき》によってさえぎられる。

太陽《たいよう》はかくれてしまい、その力《ちから》を奪《うば》った月《つき》の魔力《まりょく》が最大《さいだい》になるんだ。

「私《わたし》が生《い》きていけなくなったのは、2人《ふたり》に裏切《うらぎ》られたせい。

呪《のろ》ってやる。

月《つき》の魔力《まりょく》を借《か》りて、海《うみ》で力《ちから》を養《やしな》い、つぎの皆既日食《かいきにっしょく》に、この館《やかた》にもどってくる。

そして、2人《ふたり》に血《ち》の復讐《ふくしゅう》を。

その日《ひ》まで、恐《おそ》れおののいて暮《く》らすがいい」

そう書《か》かれた手紙《てがみ》が、海岸《かいがん》に脱《ぬ》ぎ捨《す》てられた女公爵《おんなこうしゃく》の靴《くつ》の中《なか》に入《はい》っていた。

村《むら》で捜索隊《そうさくたい》を出《だ》して沖《おき》のほうまで探《さが》したが、姿《すがた》は見《み》つからず、死体《したい》も上《あ》がらなかったらしい。

これで、シャーベット公爵家《こうしゃくけ》は断絶《だんぜつ》した。

持《も》ち主《ぬし》を失《うしな》った館《やかた》はイトコのものになったが、イトコはそれを売《う》りに出《だ》した。

きっと、おそろしくて住《す》んでいられなかったんだろう。

すばらしい館《やかた》だったから、私《わたし》の父《ちち》が買《か》いとって別荘《べっそう》にしていたんだが、そのあと、プランスの父親《ちちおや》に譲《ゆず》って学校《がっこう》の施設《しせつ》にした。

館《やかた》の近《ちか》くにシャーベット教会《きょうかい》を建立《こんりゅう》したり、その名前《なまえ》を女子寮《じょしりょう》につけたり、寮長《りょうちょう》を女公《おんなこう》爵《しゃく》と呼《よ》んだり、当時《とうじ》と同様《どうよう》に1週間《しゅうかん》に一度《ど》シャーベットを作《つく》る習慣《しゅうかん》を守《まも》ったりしているのは、女公爵《おんなこうしゃく》の霊《れい》をなぐさめるためだ。

それで、これまではなにごともなくすんできた。
皆既日食《かいきにっしょく》も、なかったしね。
ところが今年《ことし》7月《がつ》22日《にち》、日本《にっぽん》では、ついに46年《ねん》ぶりの皆既日食《かいきにっしょく》なんだ。
さあ、初代《しょだい》シャーベット女公爵《おんなこうしゃく》は、はたして海《うみ》から帰《かえ》ってくるのか？
どう思《おも》う？

10
2つのケンカ

ぞぉ～く、ゾクゾク、ゾクゾクゾクッ！

もひとつおまけに、ゾクゾクゾクッ!!

おそろしくて、もういやだっ！

前回《ぜんかい》の「マカロン姫《ひめ》」で再認識《さいにんしき》したけど、私《わたし》、本当《ほんとう》に怖《こわ》いのは苦手《にがて》っ!!

そんな伝説《でんせつ》のある学校《がっこう》なんて、やめたいっ!!

「この話《はなし》は、地元《じもと》の人々《ひとびと》もよくしっている。浅沼女子寮《あさぬまじょしりょう》に割《わ》り当《あ》てられた新入生《しんにゅうせい》たちの耳《みみ》に入《はい》る可能性《かのうせい》は、じゅうぶんにあるわけだ。パニックをおこされてもこまる。だから、今年《ことし》はあそこを使《つか》わないように学校側《がっこうがわ》に申《もう》し入《い》れたほうがいいんじゃないかというのが、私《わたし》の意見《いけん》だ」

もちろん、そうだよ。

やめよう、ね、ねっ！

「寮生諸君《りょうせいしょくん》、どう思《おも》う？」

女公爵《おんなこうしゃく》は腕《うで》をくんで椅子《いす》の背《せ》にもたれかかり、足《あし》を高《たか》くくみなおした。

「申《もう》し入《い》れを行《おこな》うかどうか。意見《いけん》を聞《き》かせてくれ」

上級生《じょうきゅうせい》たちは顔《かお》を見《み》あわせていたけれど、やがて1人《ひとり》が手《て》を上《あ》げて、発言《はつげん》の許可《きょか》を求《もと》めてから言《い》った。

「女公爵《おんなこうしゃく》さまがそうおっしゃるのなら、私《わたし》たちもそれに賛成《さんせい》です」

うん、そのとおりっ!!

「そうか。では、そういうことで」

女公爵《おんなこうしゃく》がそこまで言《い》ったとき、突然《とつぜん》プランスが笑《わら》いだした。

「悠貴《ゆうき》、おまえも、どうかしてるな」

女公爵《おんなこうしゃく》は、ムッとした様子《ようす》だった。

でもプランスは、気《き》にもせずに立《た》ちあがり、ゆっくりと女公爵《おんなこうしゃく》の前《まえ》まで歩《あゆ》みよった。

「私《わたし》は、物理学《ぶつりがく》を愛《あい》する者《もの》だ。呪《のろ》いなどというものの存在《そんざい》は、認《みと》めない。よって今年《ことし》、浅《あさ》沼女子寮《ぬまじょしりょう》を使《つか》わない理由《りゆう》はなにもない」

そう言《い》いながら女公爵《おんなこうしゃく》の顔《かお》をのぞきこみ、ふっと笑《わら》った。

「新入生《しんにゅうせい》がパニックをおこすのがこまるんじゃなくて、本当《ほんとう》は、おまえ自身《じしん》がこわがっているんじゃないのか。第《だい》30代《だい》の女公爵《おんなこうしゃく》は、伝説《でんせつ》を恐《おそ》れて浅沼女子寮《あさぬまじょしりょう》での臨海授業《りんかいじゅぎょう》を中止《ちゅうし》させたと言《い》われたいのか」

わっ、過激《かげき》なツッコミっ！

きっと怒《おこ》るぞぉ～。

私《わたし》がハラハラしていると、女公爵《おんなこうしゃく》はニヤッと笑《わら》い返《かえ》した。

「私《わたし》を、怒《おこ》らせる気《き》か、プランス」

ゆっくりと椅子《いす》から立《た》ちあがったその顔《かお》には、静《しず》かな怒《いか》りがフツフツと燃《も》えていた。

「いいだろう。乗《の》ってやる。申《もう》し入《い》れはやめだ」

げっ！

プランスがよけいなことを言《い》うからだっ!!

「もう一つ、浅沼《あさぬま》の女子寮《じょしりょう》には、私《わたし》が同行《どうこう》して真実《しんじつ》をたしかめる。ただし、プランス」

一気《いっき》にまくしたてながら女公爵《おんなこうしゃく》は、プランスに人《ひと》さし指《ゆび》をつきつけた。

「おまえも来《こ》い。逃《に》げるなよ」

プランスは、ちょっと笑《わら》った。

「いいだろう。おもしろくなりそうだな」

おもしろくなんかないっ！

ああ、なんだってこんなことに、ううう……。

「じゃ、今日《きょう》はこれで、解散《かいさん》っ！」

女公爵《おんなこうしゃく》が不愉快《ふゆかい》そうに宣言《せんげん》して、お茶会《ちゃかい》は終《お》わりになった。

私《わたし》はミャーコといっしょに玄関《げんかん》にむかったけれど、すっごく、ゆううつだった。

臨海授業《りんかいじゅぎょう》、とても楽《たの》しみにしてたのに、呪《のろ》いつきだなんて、やだぁ！

「私《わたし》、浅沼女子寮《あさぬまじょしりょう》に行《い》きたいな」

ミャーコがそう言《い》ったので、私《わたし》はびっくり！

「だって、プランスさまといっしょに夏《なつ》をすごすチャンスだもん」

初代《しょだい》の女公爵《おんなこうしゃく》が海《うみ》から帰《かえ》ってきたらどうすんのよぉ……。

「呪《のろ》いがこわくないの？」

私《わたし》が聞《き》くと、ミャーコはふふっと笑《わら》った。

「女公爵《おんなこうしゃく》の恋人《こいびと》を盗《と》ったのは、私《わたし》じゃないし」

そりゃそうだけどさ、相手《あいて》は46年《ねん》も前《まえ》の霊《れい》だから、ボケてて、ほかの人《ひと》に復讐《ふくしゅう》するかもしれないじゃん。

そうでなくても、海《うみ》から出《で》てくるってだけで、もうやな感《かん》じするもん。

きっとフジツボとか、ワカメとかついてるんだよ、気持《きも》ち悪《わる》いよ。

「それに、もしなにかあったら、きっと、プランスさまが守《まも》ってくれるから、平気《へいき》」

あのねぇ、プランスは、ほんとに性格悪《せいかくわる》いんだよ。

絶対助《ぜったいたす》けてなんかくれないって。

「スズちゃんも、行《い》くでしょう。私《わたし》が行《い》くって言《い》ってるんだから、いっしょに行《い》くよね。1人《ひとり》で逃《に》げたりしないよね？　友《とも》だちだもんね」

念《ねん》をおすように目《め》の中《なか》をのぞきこまれて、私《わたし》は、行《い》きたくないとは言《い》いづらくなった。

「う、うん……」

しょうがない。

こうなったら浅沼《あさぬま》の寮《りょう》に割《わ》り当《あ》てられないように祈《いの》ろう。

「ああ、楽《たの》しみがふえちゃった。どこの寮《りょう》になるかは、先生方《せんせいがた》が決《き》めるのよね？　うまく浅沼《あさぬま》に行《い》けるといいなぁ。あ、行《い》く前《まえ》には、プランスさまを紹介《しょうかい》してね、スズちゃん」

元気《げんき》をとりもどしたミャーコといっしょに、私《わたし》はシャーベット寮《りょう》の階段《かいだん》をおりた。

そこからグラウンドのわきを通《とお》れば、校門《こうもん》が目《め》の前《まえ》だった。

まっすぐ歩《ある》きながら、ふと思《おも》った。

それにしても、女公爵《おんなこうしゃく》は、今日《きょう》、なんのために私《わたし》を呼《よ》んだんだろう。

寮《りょう》のほうをふり返《かえ》ると、窓辺《まどべ》に女公爵《おんなこうしゃく》が立《た》っているのが見《み》えた。

なにか言《い》いたそうな顔《かお》で、こちらを見《み》ている。

私《わたし》が足《あし》を止《と》めると、女公爵《おんなこうしゃく》はふっと目《め》をそらし、部屋《へや》の奥《おく》に入《はい》っていってしまった。

う～ん、わからんっ！

なんだかすごく疲《つか》れた。早《はや》く帰《かえ》ろう。

そう思《おも》いながら校門《こうもん》から出《で》ようとした、そのとき。

1個《こ》のボールがものすごいいきおいで目《め》の前《まえ》を通過《つうか》っ！

校門《こうもん》にあたってはねかえって、再《ふたた》び目《め》の前《まえ》を通過《つうか》っ!!

ひえぇぇ……。

私《わたし》が立《た》ちすくんで動《うご》けずにいると、やがて笑《わら》い声《ごえ》が聞《き》こえた。

「おい、スズ」

グラウンドでボールをけっていたサッカー部《ぶ》の集団《しゅうだん》の中《なか》から、カイがこっちに歩《ある》いてきた。

「あいかわらず、動体視力《どうたいしりょく》ゼロだな」

緋色《ひいろ》のシャツに、黒《くろ》いパンツ、黒《くろ》い長靴下《ながくつした》、緋色《ひいろ》のシューズをはいている。

けっこうカッコいいけど、でも、ゆるせんっ！

「あんたねえ、私《わたし》にむかってけるのやめなさいよ。この顔《かお》がゴールにでも見《み》えるわけっ？」

カイは、足《あし》の先《さき》で転《ころ》がしていたボールをヒョイッとけりあげて、胸《むね》に乗《の》せ、それから器《き》用《よう》に頭《あたま》でリフティングしながら笑《わら》った。

「ゴールは、おまえみたいにふくれてない」

ムカッ！

「ところでスズ、今日《きょう》、なにかあったんだろ。なんだったの？」

そう聞《き》かれて、カイに電話《でんわ》をしたことを思《おも》いだした。

あ、気《き》にしてくれてたんだ。

そうわかったけど、怒《おこ》っている途中《とちゅう》だったから、すなおになれなかった。

それに秘密《ひみつ》だから、言《い》えないしさ。

「あんたに関係《かんけい》ないじゃん」

私《わたし》がそう言《い》ったとき、わきで、ミャーコがこっそりささやいた。

「ね、紹介《しょうかい》して！　してっ!!　よかったぁ、この服《ふく》、着《き》てて」

そんな気分《きぶん》じゃなかったんだけど、しかたがないからミャーコをカイに紹介《しょうかい》した。

「しってるかもしんないけど、同《おな》じクラスの丸山都《まるやまみやこ》ちゃん。カイのファンだったんだって」

そう言《い》うと、ミャーコは、ひじで私《わたし》をこづいた。

「いまも、ファンだってば」

あっ、そう。

自分《じぶん》で言《い》えば。

「ずっと試合《しあい》とか見《み》てたんです。同《おな》じクラスになれてうれしいです。よろしく」

ミャーコはカイにむかって、にっこりした。

そんな顔《かお》をすると、すごくかわいくて、カナリア色《いろ》のワンピースがよく似《に》あった。

私《わたし》は、自分《じぶん》の服《ふく》を見《み》おろす。

もう少《すこ》し、おしゃれとかしたほうがいいのかなぁ……。

「これからもずっと応援《おうえん》してます」

ミャーコの言葉《ことば》に、カイはかるく頭《あたま》を下《さ》げた。

「こっちこそ、よろしく」

そう言《い》うなり、すぐさま私《わたし》のほうにむきなおったのよ。

「で、スズ、なにがあったんだよ」

そのとき、ミャーコは、カイにむかって握手《あくしゅ》を求《もと》める手《て》を出《だ》しているところだった。

カイは、そんなことにはまったく気《き》づかないまま、私《わたし》のほうを見《み》ていた。

「言《い》えよ。気《き》になるじゃん」

ミャーコの顔《かお》がたちまちこわばっていくのを見《み》て、私《わたし》は絶望《ぜつぼう》しそうになった。

まったくカイってば、ドンカンっ！

「あんたねぇ、ミャーコはまだ話《はな》してる途中《とちゅう》なの。そういう対応《たいおう》は、まずくない？」

空中《くうちゅう》で止《と》まっているミャーコの右手《みぎて》を指《ゆび》さすと、カイはさすがに、しまったというような顔《かお》をした。

「ごめん」

あわててそう言《い》って、すばやく両手《りょうて》でミャーコの手《て》をにぎりしめる。

そしてその手《て》を、15秒《びょう》くらい軽《かる》くゆすって、

「どうぞよろしく。これでいいかな。もう話《はなし》は終《お》わったよね」

ミャーコがうなずくのを見《み》てから、ほっとしたようにはなして、私《わたし》のほうをむいた。

「で、なにがあったんだよ、スズ」

だからっ！

早《はや》く片《かた》づけたい、みたいなその態度《たいど》が、乙女心《おとめごころ》を傷《きず》つけるって言《い》ってるんだけど！

私《わたし》が怒《おこ》ろうとしたとき、ミャーコが突然《とつぜん》、身《み》をひるがえした。

そしてかけだして、1人《ひとり》で校門《こうもん》から出《で》ていってしまったのだった。

あーあ……。

「おい、スズ」

おい、じゃないっ！

私《わたし》は、ミャーコのあとを追《お》いかけながらカイをふり返《かえ》った。

「ミャーコがかわいそうじゃん。自分《じぶん》の言《い》いたいことばっか、言《い》ってないでよねっ！」

11 プランスの策略《さくりゃく》

カイとケンカ同然《どうぜん》に別《わか》れて、私《わたし》はミャーコを追《お》いかけた。

でも結局《けっきょく》、見《み》つからなくて、しょぼんとして家《いえ》に帰《かえ》るしかなかった。

なんか落《お》ちこむ……。

最初《さいしょ》は、カイが悪《わる》いんだって思《おも》ってたけど、よく考《かんが》えたら、私《わたし》がカイに、はっきりしたことを言《い》わなかったのがいけないのかもしれない。

でも、言《い》えないしなぁ……。

ああ秘密《ひみつ》を持《も》ってるって、つらいっ！

童話《どうわ》「王《おう》さまの耳《みみ》はロバの耳《みみ》」に出《で》てくる床屋《とこや》さんの気持《きも》ちが、よくわかる。

どれほどつらかったことだろう。

ときどき、本当《ほんとう》のことが胸《むね》の中《なか》でふくれあがってきて、大声《おおごえ》で言《い》いまくりたいような気《き》分《ぶん》になるのよ。

私《わたし》は、ほんとは天才作家《てんさいさっか》じゃないっ、そんなのウソなの！

だから私《わたし》に期待《きたい》するのは、もうやめてって。

「スズちゃん、電話《でんわ》よ」

ドキッ！

編集部《へんしゅうぶ》の金田《かねだ》さんから、原稿《げんこう》の催促《さいそく》かもっ！

1字《じ》も書《か》いてないんだ。

どーしようっ!!

「なんとか　ジンって人《ひと》よ」

プランスだ、ほっ！

「そっちにまわすからね」

私《わたし》が部屋《へや》のドアを開《あ》けて顔《かお》を出《だ》すと、階段《かいだん》の下《した》から叔母《おば》さんがこちらを見《み》あげていた。

「そういえば、このところ何度《なんど》か、編集《へんしゅう》の金田《かねだ》さんから電話《でんわ》がかかってきたのよ」

やっぱり！

こないはずないと思《おも》ってたんだ。

「でも、中学入《ちゅうがくはい》ったばっかりでスズちゃんも緊張《きんちょう》してるから、とうぶんそっとしておいてやってくださいって言《い》っておいたわ」

あっ、ありがとう、叔母《おば》さんっ！

「またかかってきたら、そう言《い》ってくれる？」

叔母《おば》さんは大《おお》きくうなずいた。

「わかったわ」

ふぅ、一件落着《いっけんらくちゃく》だぁ！

私《わたし》は胸《むね》をなで下《お》ろしながらドアを閉《し》め、机《つくえ》の上《うえ》においてあるキティちゃんの電話機《でんわき》をとった。

「もしもし」

そう言《い》うと、いきなり言《い》われた。

「出《で》るのが、遅《おそ》い」

ごめん。

「何分《なんぷん》待《ま》たせるんだ。切《き》るぞ」

って……切《き》ってこまるのはプランスなんじゃないの。

用《よう》があってかけてきたんでしょ？

「なんの用《よう》なの」

私《わたし》が聞《き》くと、プランスはむすっとした声《こえ》で答《こた》えた。

「今日《きょう》、シャーベット寮《りょう》で話《はな》していた浅沼女子寮《あさぬまじょしりょう》のことだ。おまえ、あそこに行《い》ってくれ」

やだよっ！

なんで、私《わたし》がそんな目《め》にっ!!

「私《わたし》が女公爵《おんなこうしゃく》をけしかけて、今年《ことし》も寮《りょう》を使《つか》うようにしむけたのは、呪《のろ》いの伝説《でんせつ》などありえないということをはっきりさせるためだ。みょうな噂《うわさ》は、沈静化《ちんせいか》させておきたい。学園《がくえん》の評判《ひょうばん》にかかわるからな」

へえ、計画的《けいかくてき》だったんだ。

経営者《けいえいしゃ》の息子《むすこ》だから、学園《がくえん》のことが心配《しんぱい》なんだ、きっと。

「伝説《でんせつ》は伝説《でんせつ》だ。現実《げんじつ》じゃない。それを証明《しょうめい》するには、おまえのような騒《さわ》がしい女《おんな》に体験《たいけん》させて、しゃべりまわらせるのが一番《いちばん》なんだ。テレビ並《な》みの効果《こうか》がある」

失礼《しつれい》ねっ！

でも、あたってるけど。

絶対《ぜったい》しゃべるもんね、私《わたし》。

「じゃ海《うみ》に消《き》えた女公爵《おんなこうしゃく》がもどってくるなんてことは、ないの？」

「ああ、ありえない。保証《ほしょう》する」

プランスがはっきりと言《い》ったので、私《わたし》は信《しん》じる気持《きも》ちになれた。

「私《わたし》も行《い》くし、警備体制《けいびたいせい》を完璧《かんぺき》にして妙《みょう》なイタズラも防《ふせ》ぐ」

プランスとは、友《とも》だちだもんね。

協力《きょうりょく》してあげなくちゃっ！

「だったら、行《い》ってもいいけど」

でも、ミャーコもすごく浅沼《あさぬま》に行《い》きたがってたから、私《わたし》だけ行《い》ったら、きっと怒《おこ》るぞぉ

……。

「私《わたし》の友《とも》だちもいっしょでいいなら、オーケイするよ。今日《きょう》、お茶会《ちゃかい》に来《き》てた子《こ》だけど」

そう言《い》いながら、女公爵《おんなこうしゃく》にもカイにも傷《きず》つけられたミャーコの気持《きも》ちを思《おも》って、悲《かな》しくなった。

この上《うえ》、浅沼《あさぬま》でプランスにまで傷《きず》つけられたら、最悪《さいあく》だ。

「あ、もう一つ、条件《じょうけん》があるんだ。その子《こ》に会《あ》ったら、やさしくしてやってほしいんだけど」

プランスは、不愉快《ふゆかい》そうに答《こた》えた。

「人《ひと》がおとなしく、低姿勢《ていしせい》でたのんでいると思《おも》って、いい気《き》になるなよ」

ちょっと、そういう言《い》い方《かた》をするあんたの、どこがおとなしいのっ!?

どこが、低姿勢《ていしせい》なのよっ!!

「あ、いやならいいのよ。私《わたし》、行《い》かないから」

そう言《い》うと、プランスは声《こえ》を低《ひく》くした。

「むりやり、浅沼《あさぬま》の名簿《めいぼ》に入《い》れるぞ」

「そんなことしたら、臨海授業《りんかいじゅぎょう》の寮《りょう》の割《わ》り当《あ》てに不正《ふせい》があるって噂《うわさ》をまいてやるからっ！」

プランスはしばらく黙《だま》りこみ、やがてひと言《こと》。

「わかった」

勝《か》ったっ！

12

春《はる》のゆううつ

翌日《よくじつ》、ミャーコは元気《げんき》がなかった。

私《わたし》が、

「いつプランスに紹介《しょうかい》しようか？」

って聞《き》いても、

「そのうちで、いいよ」

なんて言《い》うんだ。

この間《あいだ》まで、すごい前《まえ》むきだったのに。

女公爵《おんなこうしゃく》やカイのことが、そうとうこたえたみたい。

かわいそ。

5月《がつ》に入《はい》ると、体育測定《たいいくそくてい》があって、みんなが自分《じぶん》の記録《きろく》を測《はか》った。

その結果《けっか》で、6月《がつ》の陸上大会《りくじょうたいかい》に出《で》る選手《せんしゅ》を選《えら》んだんだけど、私《わたし》は、短距離《たんきょり》と中距離《ちゅうきょり》に出《で》ることになった。

測定《そくてい》したら、その2つが、学年《がくねん》で一番《ばん》だったの。

で、リレーにも出《で》てくれって言《い》われた。

人《ひと》が見《み》ていると、私《わたし》、すごくパワーが出《で》るんだ。

このときは、みんなが注目《ちゅうもく》していたから、はりきっちゃってさ、あはっ！

となりのコースを走《はし》っていた原田容子《はらだようこ》をおいぬいて、引《ひ》きはなしたときの気分《きぶん》なんか、もう最高《さいこう》っ！

あとで、すっごい目《め》でにらまれたけどね。

「私《わたし》の足《あし》、遅《おそ》くなっちゃった」

ミヤーコは、どこにも選《えら》ばれなかった。

でもべつに、すごーく遅《おそ》かったってわけじゃないんだよ。

まんなかくらい。

もし私《わたし》だったら、それで満足《まんぞく》したと思《おも》う。

だけどミャーコは、すっごく、くやしそうだった。

「小学校《しょうがっこう》のときは、超速《ちょうはや》くて、リレーにも出《で》てたんだよ。ほんとだよ」

どう言《い》ってなぐさめていいのかわからなかった。

陸上大会《りくじょうたいかい》の前《まえ》には中間《ちゅうかん》テストがあって、また廊下《ろうか》に上位《じょうい》30人《にん》の名前《なまえ》が貼《は》りだされたんだけど、その中《なか》には、ちゃんとミャーコも入《はい》っていた。

私《わたし》はいつもどおり、まんなかぐらいだったから、心《こころ》からミャーコを尊敬《そんけい》した。

これで体育測定《たいいくそくてい》の傷《きず》も、なぐさめられるんじゃないかって思《おも》ったしね。

「すごいね」

それでもミャーコは、ゆううつそうだった。

「すっごく勉強《べんきょう》したから、もっと上《うえ》にいけると思《おも》ってたのに」

びっくり！

学年《がくねん》で30番《ばん》以内《いない》なら、じゅうぶんだと思《おも》うけど。

人間《にんげん》って、いろいろなことで悩《なや》むんだなぁ……。

ということは、考《かんが》え方《かた》を変《か》えれば、悩《なや》まなくてもすむってことじゃない？

ミャーコは30番《ばん》以内《いない》でよかったというふうに考《かんが》えればいいし、まんなかにいる私《わたし》は、最《さい》下位《かい》でなくてよかったって思《おも》えばいいんだもん。

もし最下位《さいかい》になったら、人間《にんげん》の価値《かち》は成績《せいせき》で決《き》まるわけじゃないって考《かんが》えて、次《つぎ》をがんばればいいんだしさ。

「ミャーコ、元気《げんき》だして。30番《ばん》だってすごいじゃん。私《わたし》の成績《せいせき》にくらべたら、ずっといいんだしさ」

そう言《い》うと、ミャーコはちょっとこわい顔《かお》になった。

「あなたって、お気楽《きらく》ね。自分《じぶん》より下《した》の人《ひと》とくらべても、しかたないのよ。上《うえ》を見《み》てなくちゃ、向上《こうじょう》しないんだから」

そういうもんかなぁ……。

毎日《まいにち》、陽射《ひざ》しが強《つよ》くなっていって、夏《なつ》みたいな日《ひ》が続《つづ》いて、通学《つうがく》だけでけっこう疲《つか》れた。

カバン、重《おも》いしね。

体育《たいいく》があるときなんて、荷物《にもつ》が増《ふ》えるし。

汗《あせ》、びっしょり。

それで6月《がつ》に入《はい》って、3日間《かかん》の陸上大会《りくじょうたいかい》が始《はじ》まったときには、もう太陽《たいよう》ギラギラッ！

その下《した》で、はりきった私《わたし》は、こんがりトーストみたいに、キツネ色《いろ》に焼《や》けてしまった。

「おい、スズ……おまえ、どっちが前《まえ》でどっちが背中《せなか》か、ぜんぜんわかんなくなってるぞ」

ふん、カイのいじわる。

と、思《おも》ったんだけど、プランスの方《ほう》がさらに上《うえ》だった。

「おい、スズ」

と言《い》いながら、私《わたし》の前《まえ》を素《す》どおりしたのよ。

「ここにいるんだけど」

そう言《い》うと、足《あし》を止《と》めて、ふり返《かえ》って、

「ああ、こげ茶色《ちゃいろ》の壁《かべ》にとけこんでいて、わからなかった」

ばかやろう。

女公爵《おんなこうしゃく》は、私《わたし》を見《み》るなり、

「おお、みごとなテラコッタだ」

なんて言《い》った。

意味《いみ》がわからなくて、頭《あたま》のまわりにハテナ・マークが飛《と》びかったけど、カイやプランスがクスクス笑《わら》っているんで、どうせろくなことじゃないとは思《おも》ってたんだ。

家《いえ》に帰《かえ》って、意味《いみ》を調《しら》べたら、テラコッタというのは、

「粘土《ねんど》を焼《や》いて作《つく》った置物《おきもの》や塑像《そぞう》の総称《そうしょう》。日本《にっぽん》のハニワなど」

だって。

私一瞬《わたしいっしゅん》、目《め》がテンテン。

自分《じぶん》が、ハニワになった気《き》がした。

そのあくる日《ひ》から女公爵《おんなこうしゃく》は、お昼休《ひるやす》みや移動教室《いどうきょうしつ》のとき、廊下《ろうか》とかですれちがうたびに、こう言《い》うのよ。

「お、テラコッタちゃん、元気《げんき》かい？」

その日《ひ》のお昼休《ひるやす》みも、購買《こうばい》の前《まえ》で、そう言《い》われた。

まわりでは、みんなが見《み》ている。

こんなことが続《つづ》いたら、私《わたし》のアダナはテラコッタになるに決《き》まっていた。

「やめてよ」

そう言《い》ったら、女公爵《おんなこうしゃく》はニヤッと笑《わら》って、私《わたし》の肩《かた》を抱《だ》きよせた。

で、耳《みみ》に、唇《くちびる》をよせたのよ。

そんな風《ふう》にされると、私《わたし》はドキッとしてしまう。

はじめて出会《であ》ったとき、すごい接近状態《せっきんじょうたい》で、

「はじめまして、天才作家《てんさいさっか》さん」

と言《い》われたときのショックが、リアルに頭《あたま》に浮《う》かびあがるんだよね。

女公爵《おんなこうしゃく》は、私《わたし》の秘密《ひみつ》をにぎっている。

そう思《おも》うと、女公爵《おんなこうしゃく》が近《ちか》づいてくるたびに緊張《きんちょう》するし、自由《じゆう》に好《す》きなことが言《い》えないのよ。

くやしいなぁ……。

「不満《ふまん》そうだな。テラコッタちゃんじゃ、いやなのか」

あたりまえじゃん。

「じゃ、ハニワちゃんにしようか。いいだろ？」

いいわけないいじゃないのよっ！

いちいち、くっつかないでよ。

あのねぇ、私《わたし》はあんたのオモチャじゃないんだからね。

なんとか腕《うで》をふりはらおうとモガイていると、まわりから冷《つめ》たい視線《しせん》をあびせられた。

「やぁーね、女公爵《おんなこうしゃく》さまにあんなに近《ちか》づいて」

「1年《ねん》のクセに、なれなれしくしないでほしいわよね」

「きゃっ、今《いま》、手《て》にさわった」

あのねぇ、よく見《み》て！

近《ちか》づいたのも、さわったのも、私《わたし》じゃなくて、みぃ〜んなむこうよ。

なのに、どーして私《わたし》が悪者《わるもの》にっ!?

おもわず、ほおがふくれてしまった。

そこに、ちょうどプランスがやってきて、購買《こうばい》のカウンターの前《まえ》を通《とお》りすぎようとしたのよ。

私《わたし》は、女公爵《おんなこうしゃく》から逃《に》げるチャンスだと思《おも》った。

女公爵《おんなこうしゃく》に注意《ちゅうい》することができるのは、プランスだけなんだもの。

このさい、助《たす》けてもらおうっ！

と思《おも》ったら、プランスはふと私《わたし》の顔《かお》を見《み》て、こう言《い》った。

「今《いま》、そっちの教室《きょうしつ》に行《い》こうと思《おも》ってたんだ。ちょうどいい。物理部《ぶつりぶ》に入《い》れてやるぞ。ありがたく思《おも》って、入《はい》れ」

いったいなにが哀《かな》しくて、そんなつまんなそうな部《ぶ》にっ！

私《わたし》は、プルプルと首《くび》を横《よこ》にふった。

すると女公爵《おんなこうしゃく》が、またも私《わたし》の肩《かた》を抱《だ》きよせて、

「スズは、剣道部《けんどうぶ》に入《はい》りたいそうだ。入部《にゅうぶ》の約束《やくそく》をした」

してないっ！

「あれ、馬術部《ばじゅつぶ》のほうだったっけ？」

どっちでもないっ!!

勝手《かって》に話《はなし》を作《つく》るなっ!!!

「お、3人《にん》でなにやってんの？」
ボールを手《て》にしたカイが、グラウンド出口《でぐち》のあるわたり廊下《ろうか》のほうからやってきて、足《あし》を止《と》めた。

女公爵《おんなこうしゃく》は一瞬《いっしゅん》、気《き》をとられて、手《て》をゆるめる。

私《わたし》は、いそいでその腕《うで》の中《なか》からすりぬけて、そっとカイのそばに寄《よ》った。

カイのそばにいるのが、一番安心《いちばんあんしん》。

だってサッカー部《ぶ》は男子《だんし》ばっかだから、私《わたし》をさそうこともないもん。

「あのさぁ、スズ」

ん？

「サッカー部《ぶ》のマネージャー、やんない？」

わーんっ！

こいつら、そろいもそろって、悪魔《あくま》のようっ!!

私《わたし》を見《み》つめるまわりの目《め》が、どんどんきびしいものになっていくのを気《き》にもしないなんて、人間《にんげん》じゃないっ！

えーい、こうなったら、私《わたし》がすっごく迷惑《めいわく》してるんだってこと、はっきり言《い》ってやる!!

「3人《にん》とも、私《わたし》のことはほうっておいてよ。部活《ぶかつ》くらい、自分《じぶん》で決《き》めるから。あれこれ指図《さしず》しないでよね」

さあ、どうだ！

恐《おそ》れ入《い》ったか!!

そう思《おも》いながら私《わたし》は、まわりからこちらを見《み》ている人《ひと》たちに笑《わら》いかけた。

ほんとに困《こま》ってるんだよ、わかってね。

すると、私《わたし》の耳《みみ》に入《はい》ってきたのは。

「ずいぶん、わがままよね」

「せっかく言《い》ってくれてるのにねぇ」

「調子《ちょうし》に乗《の》ってるんじゃないの、最低《さいてい》」

うわーんっ!!


そんな、つかれる日《ひ》が続《つづ》いて、やっと7月《がつ》になった。

夏休《なつやす》みがくれば、ひと息《いき》つける。

そう思《おも》って、私《わたし》、すごく楽《たの》しみにしていたんだ。

その日《ひ》、臨海授業《りんかいじゅぎょう》の、寮《りょう》の割《わ》り当《あ》てが発表《はっぴょう》になった。

浅沼女子寮《あさぬまじょしりょう》に行《い》くことになったのは、女子《じょし》ばかり25人《にん》。
ミャーコと私《わたし》も、そのメンバーだった。
なぜか、容子《ようこ》たちもいっしょ。
それを聞《き》いたとき、なんとなく、いやぁーな予感《よかん》がしたんだよねぇ……。
カイは、神奈川県《かながわけん》の久里浜《くりはま》にある男子寮《だんしりょう》。
なんか、遠《とお》い……。
遠《とお》くても、べつにどぉってことないんだけど、なんとなく。
「お、カイといっしょだ」
男子《だんし》の中《なか》からは、そんな声《こえ》がいくつも上《あ》がっていた。
カイは、男《おとこ》の子《こ》たちにも人気《にんき》がある。
「よし、砂浜《すなはま》でサッカーやろうぜ」
うらやましいほど、ノーテンキ。
悩《なや》みなんてないのかもなぁ……。

13 呪《のろ》いのカウントダウン

夏休《なつやす》み初日《しょにち》、学園《がくえん》バスに乗《の》って2時間《じかん》、たどりついた千葉県浅沼《ちばけんあさぬま》は、とても景色《けしき》のいいところだった。

海《うみ》にそって真《ま》っ白《しろ》な砂浜《すなはま》が続《つづ》いていて、少《すこ》し行《い》くと波《なみ》の打《う》ちよせる岩場《いわば》もある。

シャーベット女公爵《おんなこうしゃく》の館《やかた》は、海岸《かいがん》ぞいの松林《まつばやし》の中《なか》に建《た》っていた。

横浜《よこはま》とか、神戸《こうべ》なんかの観光《かんこう》ガイドによく出《で》てきそうな、大《おお》きな家《いえ》。

明治時代《めいじじだい》の洋館《ようかん》のような雰囲気《ふんいき》、って言《い》えばいいのかなぁ。

海《うみ》はまっ青《さお》で、うちよせる波頭《はとう》が白《しろ》かった。

「きっれい！」

みんな、そう言《い》っていた。私《わたし》は、プランスの瞳《ひとみ》の色《いろ》に似《に》てるなって思《おも》った。

「各自《かくじ》、いったん部屋《へや》に入《はい》り、荷物《にもつ》をおいてから玄関《げんかん》ホールに集合《しゅうごう》してください」

引率《いんそつ》の先生《せんせい》に言《い》われ、私《わたし》たちは部屋割《へやわり》の書《か》かれた案内図《あんないず》を手《て》にして、それぞれの部屋《へや》にむかった。

「スズちゃん、2階《かい》かぁ。ミャーコは3階《かい》だよ。じゃ、あとでね」

私《わたし》の部屋《へや》って、どんなふうなんだろう。

ドキドキしながら、2階《かい》まで階段《かいだん》を上《のぼ》った。

ドアを開《あ》けると、中《なか》はベッドと机《つくえ》、それに小物入《こものい》れのあるきれいな部屋《へや》だった。

カーテンは、真《ま》っ白《しろ》。

そしてベランダからは、青《あお》い海《うみ》が見《み》える。

見《み》わたすかぎり、海《うみ》だった。

すてきだぁ……！

私《わたし》は、自分《じぶん》の部屋《へや》がとても気《き》に入《い》った。

「これから1週間《しゅうかん》、どうぞよろしく！」

部屋《へや》を見《み》まわしてそう言《い》ってから、荷物《にもつ》をおき、いそいで玄関《げんかん》ホールに下《お》りていった。

しだいにみんなが集《あつ》まってきて、さわがしくなっていく。

でも、だれもが自分《じぶん》の部屋《へや》に満足《まんぞく》しているみたいだった。

「松葉学園《しょうようがくえん》のみなさん、ようこそシャーベット館《かん》へ」

そう言《い》いながらホールに出《で》てきたのは、白髪《はくはつ》のフランス人《じん》のおばあさん。

背中《せなか》が曲《ま》がっていて、杖《つえ》をついていて、けっこうヨボヨボ。

とっくに100歳《さい》はこえてる感《かん》じだった。

「私《わたし》は、ここの管理人《かんりにん》で、アンジェリクといいます。アンジーと呼《よ》んでください。わからないことがあったら、なんでも聞《き》いてくださいね」

日本語《にほんご》がペラペラ。

すごいかも。

「みなさんを歓迎《かんげい》するために、今日《きょう》は、たくさんのシャーベットを作《つく》りました。さあどうぞ、食堂《しょくどう》に」

案内《あんない》された食堂《しょくどう》には、色《いろ》とりどりのシャーベットが20種類《しゅるい》ほども並《なら》べられていた。

「どうぞ、どれでも好《す》きなだけ召《め》しあがってください」

好《す》きなだけっ⁉

アンジーさんってヨボヨボだけど、ものすごくいい人《ひと》ねっ！

よし、全種類《ぜんしゅるい》、食《た》べるっ‼

私《わたし》がチャレンジしている間《あいだ》に、自家用車《じかようしゃ》でやってきたプランスが到着《とうちゃく》し、食堂《しょくどう》に入《はい》ってきた。

女公爵《おんなこうしゃく》もいっしょだった。

みんな、はっとして食《た》べるのをやめたけど、私《わたし》だけは続行《ぞっこう》っ！

それにしても、シャーベットを盛《も》ってある大《おお》きなガラスの鉢《はち》と小分《こわ》けのガラス皿《ざら》の全部《ぜんぶ》、それからスプーンにも刻《きざ》まれているこのみょうな図案《ずあん》はなんだろう。

うしろ足《あし》で立《た》ちあがったライオンが、片手《かたて》でシャーベットの入《はい》った器《うつわ》を持《も》っている図《ず》なんだけど、これっていったい……。

答《こた》えを求《もと》めてアンジーのほうを見《み》ると、プランスとあいさつをしているところだった。

「プランス、ようこそ」

白髪《はくはつ》のアンジーと、金髪《きんぱつ》のプランスがほおにキスしあっている様子《ようす》は、まるで映画《えいが》の世《せ》界《かい》のよう。

「ご体調《たいちょう》は、いかがですか。この冬《ふゆ》は入院《にゅういん》されたと聞《き》きましたけど」

プランスが言《い》うと、アンジーは穏《おだ》やかな感《かん》じのするほほえみをうかべた。

「今年《ことし》、80歳《さい》になるのよ」

あら、100歳《さい》じゃないんだ。

「もう年《とし》ですからね。なにがあっても、おかしくないの。あなたも、いまのうちに私《わたし》のシャーベットを食《た》べておいたほうがいいわよ」

女公爵《おんなこうしゃく》が笑《わら》う。

「公爵家《こうしゃくけ》に伝《つた》わるシャーベットを全部《ぜんぶ》作《つく》れるのは、アンジーさんだけだからな。私《わたし》も、まだ40種類《しゅるい》くらいしかマスターしてないし」

40種類《しゅるい》でも、じゅうぶんすごいと思《おも》うけど。

「アンジーさんは、だれから教《おそ》わったんですか？」

女公爵《おんなこうしゃく》に聞《き》かれて、アンジーは目《め》をパチパチとさせた。

「私《わたし》は……だれからだったかしら。忘《わす》れてしまいました。なにしろこの家《いえ》に来《き》たのは、もう50年《ねん》も前《まえ》ですからね」

古《ふる》っ！

そりゃ忘《わす》れるわよね。

私《わたし》なんか、1年前《ねんまえ》のことでも忘《わす》れるもん。

「第《だい》30代女公爵《だいおんなこうしゃく》に、全部《ぜんぶ》の作《つく》り方《かた》を教《おし》えておいたほうがいいわね。でないと、私《わたし》が死《し》んだら、もうだれも作《つく》れなくなってしまうから。ああ、思《おも》いだしたわ。私《わたし》は初代女公爵《しょだいおんなこうしゃく》からシャーベットの作《つく》り方《かた》を習《なら》ったのよ」

げっ、初代《しょだい》って、海《うみ》に消《き》えた人《ひと》だよね。

「そういえば、また皆既日食《かいきにっしょく》がくるとか」

言《い》いながらアンジーは、壁《かべ》に下《さ》がっているカレンダーに目《め》をやった。

「その日《ひ》まで、あと3日《か》ね」

カウントダウンしないでっ！

なんだかこわいっ!!

「慰霊祭《いれいさい》でも、したほうがいいのかしらね……」

アンジーがそう言《い》ったとき、何気《なにげ》なく私《わたし》のほうをむいたプランスの顔色《かおいろ》が、ふっと変《か》わった。

「あぶないっ！」

さけんでプランスは手《て》をのばし、私《わたし》の二《に》の腕《うで》をつかんで自分《じぶん》の胸《むね》の中《なか》に引《ひ》きよせた。

直後《ちょくご》、私《わたし》のうしろで、ものすごい破裂音《はれつおん》が上《あ》がったのだった。

バラバラとなにかが飛《と》んできて、背中《せなか》にあたった。

ひぇ〜っ！

プランスの胸《むね》の中《なか》で、私《わたし》は息《いき》をつめた。

いったいなにっ⁉

なにがおこったのっ！

「……とりあえず、無事でよかった」

大《おお》きな息《いき》をつきながら、プランスは私《わたし》を抱《だ》きしめていた腕《うで》をほどいた。

私《わたし》はふり返《かえ》って、びっくり！

床《ゆか》に、大《おお》きなヤリがつきささっていたの。

「ヤリだぁ……」

私《わたし》が言《い》うと、プランスが冷《つめ》たい目《め》をこちらにむけた。

「これは、ヤリじゃない。モリだ」

え……でも、たった1字《じ》ちがうだけじゃん。

「見《み》ろ、プランス。あそこから落《お》ちたんだ」

女公爵《おんなこうしゃく》が、暖炉《だんろ》の上《うえ》の壁《かべ》を指《ゆび》さす。

そこには海《うみ》で使《つか》ういろいろな道具《どうぐ》がかざってあって、何本《なんぼん》かの銛《もり》もあった。

「こいつに直撃《ちょくげき》されたら、イチコロだったな」

床《ゆか》につきささった銛《もり》をプランスが引《ひ》きぬいて、こちらに見《み》せる。

長《なが》くて鋭《するど》い刃《は》が、ぎらりっ！

それが自分《じぶん》につきささっているところを想像《そうぞう》して、私《わたし》はゾクッとした。

あ、あぶなかった、ハアハアゼイゼイ。

「留《と》めてある綱《つな》が切《き》れたみたい。まあ、本当《ほんとう》にごめんなさい」

そう言《い》いながらアンジーは、プランスから銛《もり》を受《う》けとった。

「よりにもよってこれが落《お》ちるなんて……」

銛《もり》の柄《え》のはじを、こちらにむけて見《み》せる。

そこには、うしろ足《あし》で立《た》ちあがったライオンが、シャーベットを盛《も》りつけた器《うつわ》を持《も》っている図《ず》が描《えが》かれていた。

あ、それって、お皿《さら》やグラスについていたのと同《おな》じだ。

「これは、初代女公爵《しょだいおんなこうしゃく》の個人紋章《こじんもんしょう》なのよ」

げっ！

「女公爵《おんなこうしゃく》の持《も》ち物《もの》には全部《ぜんぶ》、この紋章《もんしょう》が入《はい》っているの。この銛《もり》も彼女《かのじょ》のものだったんです」

それがいきなり落《お》ちてくるということは、もしかして……。

「やっぱり、女公爵《おんなこうしゃく》の呪《のろ》いよ」

はっきりとそう言《い》ったのは、ミャーコだった。

青《あお》ざめて、あとずさりせんばかりの引《ひ》き方《かた》だった。

「きっと伝説《でんせつ》どおり、3日後《かご》の皆既日食《かいきにっしょく》の日《ひ》に、海《うみ》から帰《かえ》ってくるのよ」

全員《ぜんいん》がいっせいにミャーコを見《み》た。

「それ、なに？」

「なにかあるの、この寮《りょう》」

あーあ、騒《さわ》ぎが大《おお》きくなっていく……。

「どうする、プランス」

女公爵《おんなこうしゃく》が、まいったといったように片手《かたて》で髪《かみ》をかきあげた。

「説明《せつめい》して、生徒《せいと》たちを落《お》ちつかせたほうがいいんじゃないのか」

プランスは、暖炉《だんろ》の上《うえ》に飛《と》び乗《の》って銛《もり》を留《と》めていた綱《つな》を調《しら》べていたけれど、しかたなさそうに飛《と》びおりてきた。

「綱《つな》に、人手《ひとで》が加《くわ》わった形跡《けいせき》はない」

ってことは、だれかがわざとやったんじゃないってことだよね。

自然《しぜん》に落《お》ちたか、それとも、やっぱり呪《のろ》い？

「綱《つな》が古《ふる》くなっていたみたいだな。すぐとりかえさせよう。諸君《しょくん》、落《お》ちついて聞《き》いてくれ」

プランスは、両手《りょうて》を上《あ》げてみんなを見《み》まわし、この間《あいだ》シャーベット寮《りょう》で話《はな》したのと同《おな》じことを伝《つた》えて、そんなことはありえないと太鼓判《たいこばん》をおした。

「だから、この1週間《しゅうかん》を有意義《ゆういぎ》にすごしてほしい。私《わたし》と女公爵《おんなこうしゃく》も、いっしょにここにいる。心配《しんぱい》なことがあったら、いつでも私《わたし》か彼女《かのじょ》に言《い》ってくれ」

それでみんなは、すっかり安心《あんしん》したようだった。

こんな声《こえ》も聞《き》こえたほど。

「プランスさまや女公爵《おんなこうしゃく》さまといっしょにすごせるなんて、超《ちょう》ラッキィよね。初代女公爵《しょだいおんなこうしゃく》の呪《のろ》いに感謝《かんしゃ》しちゃう」

あ～あ、ゲンキンな。

でも、ま、いっか。

パニックせずにすめば、それでいいんだもんね。

そう思《おも》いながらみんなを見《み》まわしていると、ふと原田容子《はらだようこ》と目《め》があった。

すると、容子《ようこ》がニヤッと笑《わら》ったのよ。

なんとなく、いやぁな感《かん》じだった。

14
おチビとおデブは、どっちがまし？

入浴《にゅうよく》をすませ、夕食《ゆうしょく》も終《お》わったあと、私《わたし》たちはアンジーに館《やかた》の中《なか》を案内《あんない》してもらった。

館《やかた》の造《つく》りは、学校《がっこう》にあるシャーベット寮《りょう》と同《おな》じで、音楽室《おんがくしつ》や集会室《しゅうかいしつ》、図書室《としょしつ》もあった。

そのほかにメモリアル室《しつ》というのがあって、そこにはこれまでの女公爵全員《おんなこうしゃくぜんいん》のカラー写《しゃ》真《しん》が額《がく》に入《い》れてかざってあった。

「私《わたし》のは、まだないんだ」

女公爵《おんなこうしゃく》が、ちょっとゆううつそうに言《い》っているのが聞《き》こえた。

「中学《ちゅうがく》を卒業《そつぎょう》して、寮長《りょうちょう》をおりるときにかざられるらしい。それまでに写真《しゃしん》を出《だ》すように言《い》われてるんだ。でも、めんどくさくってさ」

両手《りょうて》をズボンのポケットにつっこんで、天井《てんじょう》をあおぐ。

「うちの犬《いぬ》の写真《しゃしん》でも、出《だ》しとくか」

そりゃ、まずいんじゃないでしょうか。

私《わたし》は、寮《りょう》でシャーベットを作《つく》ったとき、女公爵《おんなこうしゃく》がめんどうだと言《い》ってたのを思《おも》いだした。

なぜだろう。

そう思《おも》って女公爵《おんなこうしゃく》を見《み》ていたら、なんだかかわいそうになった。

だって、自分《じぶん》の目《め》の前《まえ》に楽《たの》しいことがいっぱいあるのに、気《き》がついていないんだもの。

それで、おもわず言《い》ってしまったんだ。

「女公爵《おんなこうしゃく》って、ものぐさなんですね。シャーベットを作《つく》るときも、めんどうって言《い》ってたし、いまも言《い》ってるし」

そう言《い》うと、女公爵《おんなこうしゃく》はかるく眉《まゆ》を上《あ》げた。

「まぁね。かったるいだろ」

その気持《きも》ちが、私《わたし》にはぜんぜんわからなかった。

「じゃ、なんにもしないのがいいんですか。なんにもしないですごすのが、女公爵《おんなこうしゃく》の考《かんが》えてる、理想《りそう》の一日《いちにち》なんですか」

女公爵《おんなこうしゃく》は、驚《おどろ》いたように私《わたし》を見《み》た。

「そんなの、もったいないですよ。せっかく時間《じかん》があるんだから、いろんなことをいっぱいしなくちゃ。いろいろできるのは、生《い》きてる間《あいだ》だけなんだし」

そう言《い》いながら私《わたし》は、パパやママや、オリちゃんのことを思《おも》った。

みんなきっと、自分《じぶん》があっさり死《し》んじゃうなんて思《おも》っていなかっただろう。

明日《あした》することや、1週間先《しゅうかんさき》、1ヶ月先《げつさき》、1年先《ねんさき》にしたいことを、あれこれ考《かんが》えていたにちがいない。

でもそれは全部《ぜんぶ》、できなくなったんだ。

死《し》んじゃったから。

人間《にんげん》って、いつ死《し》ぬかわからない。

だから生《い》きてる間《あいだ》にいろいろなことをしておかないと、とりかえしがつかないんだ。

「シャーベットを作《つく》るのって、すごく楽《たの》しいことだと思《おも》います。色《いろ》がきれいだし、自分《じぶん》が美味《おい》しいものを作《つく》れるって、うれしいじゃないですか。人《ひと》にあげて喜《よろこ》んでもらってもいいし、自分《じぶん》で食《た》べても幸《しあわ》せだし。それを楽《たの》しいって思《おも》わなかったら、生《い》きてても　おもしろくないと思《おも》います。この館《やかた》に写真《しゃしん》をかざってもらうのだって、すてきなことです。松葉学園《しょうようがくえん》がなくならないかぎり、ここに来《く》る後輩《こうはい》たちから、第《だい》30代《だい》女公爵《おんなこうしゃく》ってこういう人《ひと》だったんだって思《おも》ってもらえて、みんなの心《こころ》にのこることができるんだもん。選《えら》ばれた人《ひと》だけがそうしてもらえるんだから、それを楽《たの》しまないともったいないです。ふつうの生徒《せいと》は……私《わたし》

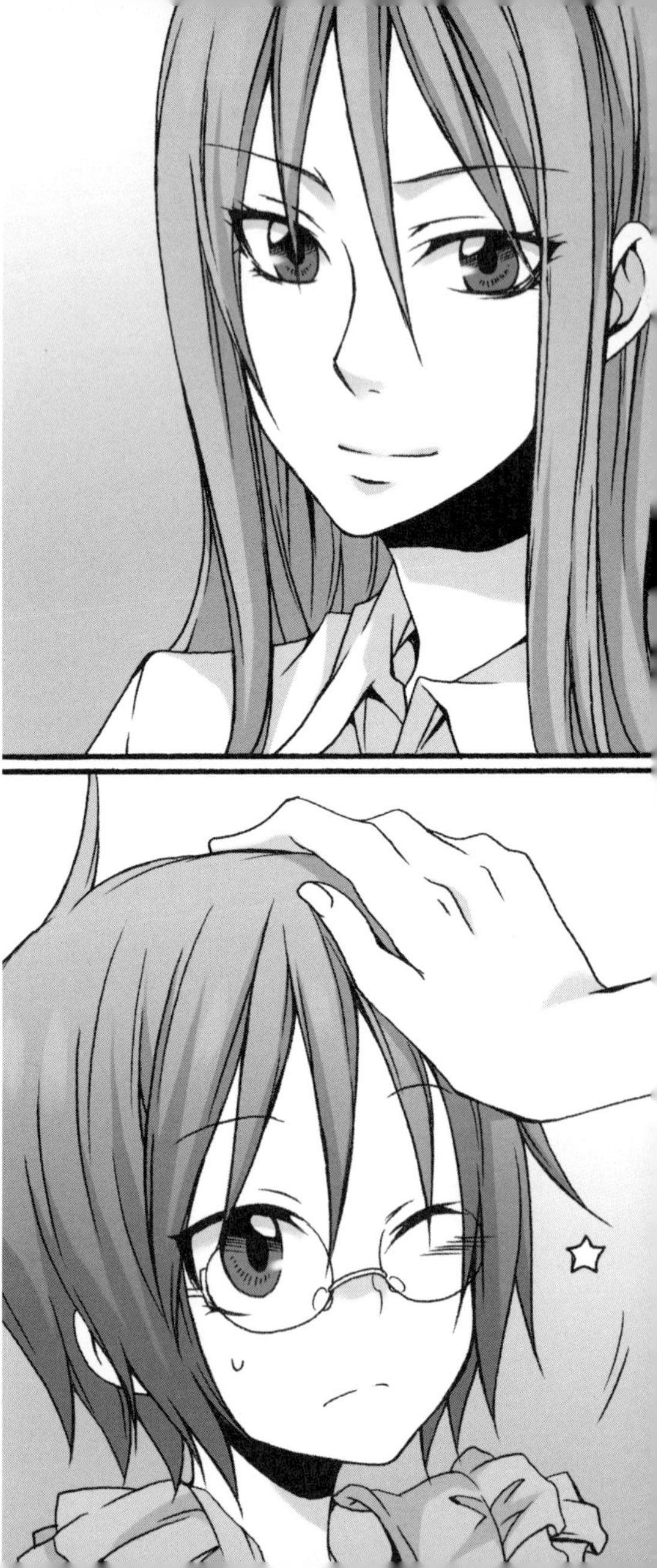

とかもそうですけど、だれの心《こころ》にものこらずに卒業《そつぎょう》して、忘《わす》れられていくんだもの」

女公爵《おんなこうしゃく》は、穴《あな》の開《あ》きそうなほどまじまじと私《わたし》を見《み》つめていて、やがてちょっと笑《わら》った。

そして手《て》をのばして、私《わたし》の頭《あたま》の上《うえ》においたの。

「わかったよ、おチビちゃん」

むっ！

チビとは、なによっ!!

「おや、不満《ふまん》そうだな。それじゃ」

そう言《い》いながら女公爵《おんなこうしゃく》は、くっと笑《わら》いだしてうつむいた。

「おデブちゃんのほうがよかったのか」

いいわけないじゃないのよ、失礼《しつれい》ねっ！

私《わたし》は抗議《こうぎ》しようとしたけれど、女公爵《おんなこうしゃく》はまたしても笑《わら》いが止《と》まらなくなり、そのままずうっと笑《わら》っていたんで、しかたなくあきらめた。

「初代女公爵《しょだいおんなこうしゃく》の写真《しゃしん》はないんですね」

ミャーコがそう言《い》うと、アンジーは片手《かたて》を上《あ》げてドアの外《そと》を指《ゆび》さした。

「初代《しょだい》の女公爵《おんなこうしゃく》だけは、あっちにあるのよ。行《い》きましょう」

アンジーのあとについて、私《わたし》たちは廊下《ろうか》を歩《ある》き、玄関正面《げんかんしょうめん》にある階段《かいだん》を上《のぼ》り、それが折《お》り返《かえ》しになっている踊《おど》り場《ば》まで進《すす》んだ。

「これが、初代女公爵《しょだいおんなこうしゃく》です」

そう言《い》ってアンジーは、踊《おど》り場《ば》の壁《かべ》にかざられていた大《おお》きな額《がく》に入《はい》った写真《しゃしん》を指《ゆび》さした。

それまでのは全部《ぜんぶ》、上半身《じょうはんしん》の写真《しゃしん》でカラーだったんだけど、初代女公爵《しょだいおんなこうしゃく》だけは、全身《ぜんしん》。で、時代《じだい》を感《かん》じさせるモノクロ。

しかも日《ひ》に焼《や》けて、セピア色《いろ》になっていた。

女公爵《おんなこうしゃく》は、花《はな》のついた帽子《ぼうし》をかぶり、ドレスを着《き》て、大《おお》きな真珠《しんじゅ》の首《くび》かざりと耳《みみ》かざりをしている。すっごい美人《びじん》っ！

私《わたし》は、おもわずため息《いき》をついた。

「こんなにきれいな人《ひと》なのに、なんでフられちゃったのかなぁ」

そばにいたプランスが、ぽそっとつぶやいた。

「きっと性格《せいかく》が悪《わる》かったんだろ」

ん……つまり、あんたみたいに？

「これで館《やかた》の中《なか》のご案内《あんない》を終《お》わります。では、みなさん、どうぞごゆっくりお休《やす》みください」

そこで解散《かいさん》して、私《わたし》たちは、それぞれの部屋《へや》にもどった。

1人《ひとり》になると、ゲームもないし、テレビもないし、もう寝《ね》るしかなかった。

ベッドに入《はい》って目《め》を閉《と》じる。

海岸《かいがん》に打《う》ちよせる波《なみ》の音《おと》が聞《き》こえた。

ザザッ、ザザッっていうその音《おと》を聞《き》いているうちに、呪《のろ》いの伝説《でんせつ》を思《おも》いだしたの。

ひえっ、まずい！

眠《ねむ》れなくなるじゃん、考《かんが》えちゃダメだっ!!

忘《わす》れよう、忘《わす》れようと思《おも》っているうちに、いつの間《ま》にやら、熟睡《じゅくすい》っ！

どんなときでもどんなところでも、ぐっすり寝《ね》られるのは、私《わたし》の才能《さいのう》のひとつなのよね、るんっ!!

15 歩《ある》く写真《しゃしん》

あくる朝《あさ》は、やっぱり波《なみ》の音《おと》で目《め》がさめた。

カーテンを開《あ》けると、視界《しかい》いっぱいの青《あお》い海《うみ》っ！

超《ちょう》、きれいっ！

私《わたし》はごきげんで、タオルを持《も》って洗面所《せんめんじょ》に行《い》こうとドアを開《あ》けた。

瞬間《しゅんかん》っ、ズルッ！

踏《ふ》みだした足《あし》が前方《ぜんぽう》に大《おお》きくすべって、両脚《りょうあし》がもうこれ以上《いじょう》開《ひら》けないほど大《おお》きな角度《かくど》につ!!

ひえぇえ、裂《さ》けるぅぅぅぅ……。

必死《ひっし》で踏《ふ》みとどまろうとしたら、またもすべって、今度《こんど》は床《ゆか》にシリモチをついてしまった！
舌打《したう》ちしながらおきあがろうとして床《ゆか》に手《て》をついたら、ぬれていた。
え……？
よく見《み》ると、出入《でい》り口《ぐち》あたりに水《みず》たまりができている。
これですべったんだ。
だれか、水でもこぼしたのかなぁ。
そう思《おも》っているうちに、あたりがミョーに生《なま》ぐさいことに気《き》づいた。
なにが、におってるんだろう？
私《わたし》は鼻《はな》をヒクヒクとさせ、においの原因《げんいん》を探《さが》した。
すると、それはっ！
足下《あしもと》に広《ひろ》がっている水《みず》だった。
これって……ただの水《みず》じゃ、ない！
ぬれた手《て》には、海岸《かいがん》の砂《すな》と、海草《かいそう》のようなものもいっしょについていた。
海《うみ》の水《みず》だ、これ。

でも、こんなところに、なぜ？

あたりを見《み》まわして私《わたし》は、その水《みず》が点々《てんてん》と廊下《ろうか》のむこうまで続《つづ》いているのを見《み》つけた。

それでそのあとをつけていったら、玄関《げんかん》ホールまで続《つづ》いていて、さらにそこから階段《かいだん》を上《のぼ》って、踊《おど》り場《ば》で止《と》まっていたの。

私《わたし》は足《あし》を止《と》め、ふっと顔《かお》を上《あ》げた。

そこに、額縁《がくぶち》に入《はい》った初代女公爵《しょだいおんなこうしゃく》の写真《しゃしん》があったんだっ！

しかも、その靴《くつ》の部分《ぶぶん》のガラスがぬれていたっ!!

ひぇぇぇぇっ!!

私《わたし》は、その場《ば》にしゃがみこんでしまった。

「おはよ、スズちゃん、どうしたの」

ミャーコがやってきたときには、もうなんにも言《い》えずに、ただぬれた写真《しゃしん》と、床《ゆか》の水《みず》を指《ゆび》さして、それからミャーコの手《て》を引《ひ》っぱって部屋《へや》まで連《つ》れていって、出入《でい》り口《ぐち》の水《みず》たまりを指《ゆび》さすことしかできなかった。

「女公爵《おんなこうしゃく》、夜中《よなか》に写真《しゃしん》からぬけ出《で》て、スズちゃんの部屋《へや》まで来《き》たんだね」

やだっ、来《こ》なくていいよっ！

「皆既日食《かいきにっしょく》って明日《あした》だから、まだちょっとパワーが足《た》りなくて、部屋《へや》の中《なか》まで入《はい》れなかったんだ、きっと」

じゃ、じゃ明日《あした》になって、皆既日食《かいきにっしょく》になったら、フルパワーで復活《ふっかつ》なのぉっ？

それじゃ、皆既日食《かいきにっしょく》じゃなくて、怪奇日食《かいきにっしょく》じゃん。

わーん、私《わたし》は無関係《むかんけい》よっ!!

「なんで、私《わたし》なのよぉ……」

そう言《い》うと、ミャーコは首《くび》をかしげた。

「わかんないけど。でも、女公爵《おんなこうしゃく》の霊《れい》はボケてるかもって言《い》ったのはスズちゃんだから、怒《おこ》って実力《じつりょく》を見《み》せつけるつもりだったんじゃないの」

やだぁ〜！

ああ明日《あした》なんて、永遠《えいえん》に来《こ》なければいいっ！

だれか、おねがい、おまじないでもかけてっ!!

こんなとこ来《く》るんじゃなかった！　それなのに、プランスがむりやり……そこまで考《かんが》えて私《わたし》は、はっとプランスの言葉《ことば》を思《おも》いだした。

プランスは、呪《のろ》いなんて、そんなものはありえないって言《い》ったのよね、保証《ほしょう》するって。

よし、あいつに責任《せきにん》とってもらおう！

「プランスんとこに、行《い》ってくる」

私《わたし》がそう言《い》うと、ミャーコはちょっと唇《くちびる》をとがらせた。

「そうね、プランスさまと親《した》しいんだもんね」

あ、そういえば、紹介《しょうかい》するって約束《やくそく》したんだっけ。

「ミャーコも、いっしょに来《き》てっ！」

私《わたし》はミャーコの腕《うで》をつかんで、プランスの部屋《へや》にむかった。

昨日《きのう》、配《くば》られた寮《りょう》の部屋割図《へやわりず》によれば、プランスが泊《と》まっているのは、館《やかた》の中央部《ちゅうおうぶ》の2階《かい》で、ひときわ大《おお》きなバルコニーのついた部屋《へや》だった。

「あれ、女公爵《おんなこうしゃく》がいる」

その部屋《へや》の前《まえ》には、女公爵《おんなこうしゃく》がアグラをかいて座《すわ》りこんでいた。

片手《かたて》で木刀《ぼくとう》をにぎり、ドアに体《からだ》を持《も》たせかけて眠《ねむ》っている。

そういえば、剣道部《けんどうぶ》の主将《しゅしょう》もやってたんだっけ。

でも、なんでここで寝《ね》てるの？

「なんか……」

ミャーコがつぶやいた。

「これ以上近《いじょうちか》よると、木刀《ぼくとう》でなぐられそうな気《き》がするんだけど。そう思《おも》うのは私《わたし》だけ？」

いや、私《わたし》もそう思《おも》う！

「でも、プランスが自然《しぜん》におきるのを待《ま》ってたら、いつになるかわからないし」

うーん、どーしよう。

私《わたし》はちょっと考《かんが》えて、いいことを思《おも》いついた。

「ミャーコ、ちょっときて」

ミャーコの手《て》を引《ひ》いていっしょに階段《かいだん》の陰《かげ》にかくれると、自分《じぶん》の髪《かみ》に留《と》めていたかざりピンをとり、女公爵《おんなこうしゃく》めがけて投《な》げつけるっ！

それが頭《あたま》にあたりそうになった瞬間《しゅんかん》、女公爵《おんなこうしゃく》の木刀《ぼくとう》が一気《いっき》に動《うご》いて風《かぜ》を切《き》り、髪《かみ》かざりは床《ゆか》にたたき落《お》とされた。

すごっ！

「だれだっ！」

そう言《い》って女公爵《おんなこうしゃく》は目《め》を開《ひら》き、あたりを見《み》まわした。

やった、おきたっ！

私《わたし》はミャーコといっしょに階段《かいだん》の陰《かげ》から飛《と》びだし、女公爵《おんなこうしゃく》にかけよっていった。

「プランスに話《はなし》があって、きたんですけど」

そう言《い》うと、女公爵《おんなこうしゃく》は木刀《ぼくとう》を左手《ひだりて》に持《も》ちかえながら、またもドアによりかかった。

「いまは、ダメだ。寝《ね》ているからな。だれも通《とお》さないでくれって言《い》われて、私《わたし》がここで見《み》張《は》ってたんだ。あとにしろ。あ、音《おと》をたてずに静《しず》かに帰《かえ》れよ」

しょーがないな。

「でも初代女公爵《しょだいおんなこうしゃく》が、もどって来《き》たみたいなんですけど……」

女公爵《おんなこうしゃく》は顔《かお》をゆがめた。

「なんだって？」

「だから、初代女公爵《しょだいおんなこうしゃく》が、夜中《よなか》に写真《しゃしん》からぬけ出《だ》して、私《わたし》の部屋《へや》まで歩《ある》いてきたんです」

瞬間《しゅんかん》、女公爵《おんなこうしゃく》は、大爆笑《だいばくしょう》っ！

笑《わら》い続《つづ》けて、止《と》まらず、その声《こえ》でプランスがおきてしまい、部屋《へや》から不愉快《ふゆかい》そうな顔《かお》を出《だ》したけれど、それでもまだ笑《わら》っていた。

「いい加減《かげん》にしろ、悠貴《ゆうき》」

プランスは、ガウンをはおりながら部屋《へや》から出《で》てきて、私《わたし》の説明《せつめい》を聞《き》いた。

そして、

「くだらん」

あっさりとそう言《い》うなり、またもや部屋《へや》に入《はい》っていこうとしたっ！

私《わたし》は、あわててガウンのそでにとりすがった。

「じゃ、見《み》にきてよ。ほんとに歩《ある》いて来《き》た証拠《しょうこ》に、床《ゆか》がぬれてるから」

超不機嫌《ちょうふきげん》なプランスをむりやり引《ひ》っぱって、自分《じぶん》の部屋《へや》までもどったの。

そうしたら！

「どこがぬれてるんだ」

あれほどはっきりとしていた水《みず》たまりは、もうぜんぜんなかった。

写真《しゃしん》の前《まえ》まで点々《てんてん》と続《つづ》いていた水跡《みずあと》もなく、そして写真《しゃしん》の、靴《くつ》の部分《ぶぶん》のガラスは、カラツカラにかわいていた。

「いったいどこが、ぬれてるというんだっ！」

わーん、ごめんなさい！

「今度《こんど》、私《わたし》をおこしたら、ただじゃおかんぞ」

胸《むね》が凍《こお》りつくような視線《しせん》で私《わたし》をにらんで、プランスは女公爵《おんなこうしゃく》と部屋《へや》に引《ひ》きあげていった。

「たしかに、ぬれてたんだけどな」

私《わたし》が写真《しゃしん》を見《み》あげながらそう言《い》うと、ミャーコもうなずいた。

「私《わたし》も見《み》たよ。私《わたし》たちだけが見《み》たんだね」

ああ、見《み》たくなかった……。

私《わたし》ががっくりとうなだれていると、ミャーコが言《い》った。

「ねぇ、皆既日食《かいきにっしょく》にむかって女公爵《おんなこうしゃく》のパワーが強《つよ》くなっていくとすると、スズちゃん、もしかしてとり殺《ころ》されるんじゃないの」

なんでっ？

なんで罪《つみ》もない私《わたし》が、呪《のろ》いのまきぞえにっ!?

「だって昨日《きのう》の夜《よる》は、部屋《へや》の前《まえ》まで来《き》たんだし、今夜《こんや》は中《なか》に入《はい》ってくるかもしれないよ」

やだよぉ！

「大丈夫《だいじょうぶ》だよ。今夜《こんや》は、私《わたし》がいっしょにいてあげる」

私《わたし》は、おもわずミャーコに飛《と》びついてしまった。

「ミャーコ、たよりにしてるよっ！」

16

怪奇現象《かいきげんしょう》の真相《しんそう》は？

朝食《ちょうしょく》は、食堂《しょくどう》で7時半《じはん》からはじまった。

「午前中《ごぜんちゅう》は、部屋《へや》で自習《じしゅう》だ。食《く》い終《お》わったら、各自《かくじ》、自分《じぶん》の部屋《へや》にもどれ」

女公爵《おんなこうしゃく》の、命令《めいれい》のような指導《しどう》にしたがって、食《た》べ終《お》わった人《ひと》から部屋《へや》に引《ひ》きあげた。

私《わたし》は、けっこう早食《はやぐ》い。

でも、おかわりするから遅《おそ》くなる、ふふっ。

私《わたし》たち1年生《ねんせい》は、細長《ほそなが》いテーブルで、となりあって食《た》べたけれど、プランスと女公爵《おんなこうしゃく》、それにアンジーの3人《にん》は、窓辺《まどべ》におかれた丸《まる》いテーブルを囲《かこ》んでいた。

で……私《わたし》ははじめて気《き》がついたんだけど、プランスって食《た》べ方《かた》がすごくきれいっ！

上品《じょうひん》で、優雅《ゆうが》で、それにちっとも音《おと》をたてないの。

食《た》べる音《おと》はもちろん、食器《しょっき》の音《おと》もよ。

きっと小《ちい》さなときから、そういうふうにしつけられてるんだ。

やっぱ、王子《おうじ》はすごいなって思《おも》った。

それで尊敬《そんけい》の目《め》で見《み》ていたら、食《た》べ終《お》わったプランスが立《た》ちあがり、食堂《しょくどう》から出《で》ていこうとして、私《わたし》のそばを通《とお》りすぎながらポツリとひと言《こと》。

「いつまで食《た》べてるんだ。この館《やかた》の食料《しょくりょう》は、無限《むげん》にあるわけじゃないぞ」

失礼《しつれい》なヤツっ！

やっぱ、尊敬《そんけい》はできんっ!!

「スズちゃん、私《わたし》も、もう行《い》くけど」

ミャーコも出《で》ていって、のこったのは私1人《わたしひとり》。

やっぱ、ちょっと時間《じかん》とりすぎだったかしらん。

あわててのこりのパンを口《くち》につっこんで、私《わたし》は立《た》ちあがった。

で、食堂《しょくどう》から飛《と》びだして、そばの階段《かいだん》を走《はし》りあがろうとしたの。

でも、よく考《かんが》えたら、その階段《かいだん》の途中《とちゅう》には、女公爵《おんなこうしゃく》の写真《しゃしん》がかざってあるんだった。

1人《ひとり》であの前《まえ》を通《とお》るのは、やだ。

なんか、見《み》られてるみたいなんだもん。

私《わたし》はいそいで遠《とお》まわりして、館《やかた》のはしにあるべつの階段《かいだん》を上《のぼ》りかけた。

そのとき、階段《かいだん》のわきにあったドアが開《ひら》いて、栄養士《えいようし》さんと掃除《そうじ》のオバサンが2人《ふたり》、話《はな》しながら出《で》てきたのだった。

「どっか行《い》っちゃったのよ。昨日《きのう》、作《つく》ったばかりのゾウキンなのに」

「どこにおいたんですか」

「はじめて使《つか》うから、今朝《けさ》になって水《みず》とおしをして、ここに干《ほ》しておいて」

オバサンは、廊下《ろうか》のすみを指《ゆび》さした。

そこには、なにもかかっていないタオルハンガーがあった。

「いったん部屋《へや》にもどって、そして来《き》てみたら、もうなくなってたのよ。いやだわ。お気《き》に入《い》りだった紫色《むらさきいろ》のタオルで作《つく》ったのに」

うむ、ゾウキンの紛失《ふんしつ》ね。

これも女公爵《おんなこうしゃく》のしわざとか？

「おっかしいわねぇ」

オバサンたちの話《はなし》を聞《き》きながら、私《わたし》はそのまま階段《かいだん》を上《のぼ》った。

すると、

「すみません。これ」

原田容子《はらだようこ》の声《こえ》が聞《き》こえてきた。

足《あし》を止《と》め、階段《かいだん》の手《て》すりから身《み》を乗《の》りだして下《した》を見《み》おろす。

玄関前《げんかんまえ》の廊下《ろうか》を歩《ある》いてきた原田容子《はらだようこ》が、オバサンに話《はな》しかけるところだった。

「さっき、ちょっと借《か》りたんです」

手《て》に持《も》っていたのは、紫色《むらさきいろ》の真新《まあたら》しいゾウキンだった。

「水《みず》をこぼしちゃって。すみません」

なんだ、水《みず》かぁ。

そう思《おも》って、私《わたし》はまた階段《かいだん》を上《のぼ》りかけた。

まてよっ、水《みず》ぅ？

私《わたし》は足《あし》を止《と》め、ちょっと考《かんが》えた。

もしかしてっ!?

それで容子《ようこ》とオバサンたちが引《ひ》きあげるのを待《ま》って、階段《かいだん》をおりた。

廊下《ろうか》をひき返《かえ》して、玄関正面《げんかんしょうめん》にある階段《かいだん》を上《のぼ》る。

すごくこわかったけど、夢中だった。

踊《おど》り場《ば》にかざられている女公爵《おんなこうしゃく》の大《おお》きな写真《しゃしん》の前《まえ》まできて、足《あし》を止《と》める。

そしてその場《ば》にひざまずいて、女公爵《おんなこうしゃく》の足《あし》もとに顔《かお》を近《ちか》づけて、その靴《くつ》をよぉっく見《み》たのよ。

するとっ！

やっぱりっ!!

写真《しゃしん》をおおっているガラス板《いた》の上《うえ》に、紫色《むらさきいろ》の繊維《せんい》がのこっていた。

これはまさしく、あのゾウキンっ！

ぬれていたガラスをふいたときに、ついたんだっ!!

怪奇現象《かいきげんしょう》じゃなかった！　そうわかってがぜん、勇気《ゆうき》がわいてきた。

よし、もっとはっきりさせよう！

私《わたし》は階段《かいだん》をおり、玄関《げんかん》ホールのわきにある自動販売機《じどうはんばいき》コーナーに足《あし》を踏《ふ》み入《い》れた。

そこにあったアキカン入《い》れと、アキペットボトル入《い》れに手《て》をつっこんで、捨《す》てられているアキカンとペットボトルをつぎからつぎへと出《だ》して、中《なか》をかいでみたのよ。

海《うみ》の水《みず》のにおいのするヤツがあるんじゃないかって思《おも》って。

やがて、それが見《み》つかったっ！

ミネラルウォーターのペットボトル、４本《ほん》だった。

あいつ、これに海《うみ》の水《みず》を入《い》れて持《も》ってきて、廊下《ろうか》に足跡《あしあと》をつけたり、写真《しゃしん》をぬらしたりして、私《わたし》とミャーコがプランスの部屋《へや》に行《い》ってる間《あいだ》に、いそいでふいたんだっ！

つまりイジメってわけねっ!!

えーい、ゆるせんっ!!!

17
帰《かえ》ってくる女公爵《おんなこうしゃく》

午前中《ごぜんちゅう》、私《わたし》はずっと考《かんが》え続《つづ》けていた。

つまり、あいつをどうしてくれようかってこと。

そのうちに、はっと気《き》づいたんだ。

いままで被害者《ひがいしゃ》は、私《わたし》ひとりだったけど、今度《こんど》はそうじゃないってことに。

あいつがこんなふうに呪《のろ》いの伝説《でんせつ》を利用《りよう》していれば、そのうちに噂《うわさ》が大《おお》きくなる。

それをおさえようとしているプランスや女公爵《おんなこうしゃく》はこまるだろうし、この学園《がくえん》の評判《ひょうばん》も悪《わる》くなっていく。

ってことは、よ。私《わたし》とプランスは利害関係《りがいかんけい》が一致《いっち》している、つまり協力《きょうりょく》しあえるってことよ。

よしっ！

私《わたし》は勇《いさ》んでプランスの部屋《へや》をたずね、女公爵《おんなこうしゃく》も呼《よ》んで、２人《ふたり》にあいつの悪事《あくじ》をぶちまけてやった。

２人《ふたり》は、今度《こんど》は静《しず》かに、私《わたし》の話《はなし》に耳《みみ》をかたむけてくれた。

「呼《よ》びつけて、言《い》い聞《き》かせるよりないな」

女公爵《おんなこうしゃく》は、わずらわしそうに言《い》った。

「スズをイジメるのなら、呪《のろ》いを利用《りよう》せずにやれと言《い》えばいい」

ちょっとぉ……。

なんなのよ、それって！

「いまならまだ、ほかの生徒《せいと》にしられていない。連中《れんちゅう》がつぎの騒《さわ》ぎをおこす前《まえ》に、手《て》を打《う》てよ、悠貴《ゆうき》」

プランスに言《い》われて、女公爵《おんなこうしゃく》は立《た》ちあがった。

「ちっ、しかたがないな。やるか」

かったるそうにしながら部屋《へや》を出《で》ていく。

ドアが閉《し》まると、プランスが小《ちい》さな声《こえ》で言《い》った。

「悪《わる》かったな」

え……？

「おまえの言《い》うことを、疑《うたが》って悪《わる》かった」

私《わたし》は、目《め》がまん丸《まる》になってしまった。

だって、プランスがあやまるなんてっ！

「あのぅ……熱《ねつ》でもあるの？」

おもわずそう聞《き》いたんだけど、まずかったかな？

プランスはムッとして私《わたし》に背中《せなか》をむけ、机《つくえ》の上《うえ》にあった本《ほん》をめくりはじめて、もう私《わたし》がなにを言《い》っても返事《へんじ》もしなかった。

完全《かんぜん》、ムシっ！

わーん、ごめんなさい、なんか話《はな》してっ！

「あ、あの、プランスにやさしくしてほしい女《おんな》の子《こ》がいるって言《い》ったじゃない？　今度《こんど》、紹介《しょうかい》するね」

私《わたし》がそばに行《い》って顔《かお》をのぞきこむと、プランスは本《ほん》に視線《しせん》を落《お》としたまま、皮肉《ひにく》な笑《え》みをうかべた。

「紹介《しょうかい》されたくない」

いまさら、それかっ！

「やさしくするって、約束《やくそく》したじゃないのよ」

私《わたし》が抗議《こうぎ》すると、プランスは興味《きょうみ》がなさそうな顔《かお》でページをめくった。

「紹介《しょうかい》されてやるという約束《やくそく》はしてない」

卑怯《ひきょう》ー者《もの》ぉ！

私《わたし》は激怒《げきど》したけれど、プランスはてんで知《し》らんふりだった。

しかたがないのでエサでつろうと考《かんが》えて、プランスが興味《きょうみ》を持《も》ちそうなことを口《くち》にしてみた。

「すっごく、かわいい子《こ》なんだよ。スタイルもいいし」

プランスは、退屈《たいくつ》そうにほおづえをついた。

「かわいくてスタイルがよくても、どうせ筋肉《きんにく》のつき方《かた》の問題《もんだい》だけだ。骨《ほね》になれば、そうは変《か》わらない」

まるで、悟《さと》りきったジジィみたいっ！

私《わたし》はおもわず手《て》をのばし、プランスの前髪《まえがみ》をかきあげて、ひたいに手《て》を当《あ》てた。

「ほんとに、熱《ねつ》でも、あるんじゃないの」

瞬間《しゅんかん》、プランスが私《わたし》のメガネをとりあげたの。

一気《いっき》に、あたりがぼやけてしまった。

「コンタクトにしろよ、スズ」

わーん、返《かえ》してよっ！

「コンタクトにするって約束《やくそく》したら、返《かえ》してやる」

私《わたし》はプランスをにらもうとしたけれど、はっきり顔《かお》が見《み》えなくて、顔《かお》らしき部分《ぶぶん》をにらみつけるしかなかった。

「なんで、そんなこと言《い》うのよ。ほうっておいてよ。私《わたし》は、これでいいの。これが私《わたし》らしいんだもん」

そう言《い》いながら、でも、いつか、もっとべつの自分《じぶん》になりたいって思《おも》うときも来《く》るのかなぁと思《おも》った。

それって、どういうときなんだろうって。

そのとき、ふっとメガネがもどってきて、よく見《み》えるようになったけれど、プランスはもう、むこうをむいて本《ほん》を読《よ》んでいて、その顔《かお》は見《み》えなかった。

部屋《へや》の中《なか》には、重《おも》たぁ〜い沈黙《ちんもく》っ！

「あ、あの、私《わたし》、もう帰《かえ》るね……」

そう言《い》っても、プランスは黙《だま》ったままだった。

気《き》まずい雰囲気《ふんいき》の中《なか》、私《わたし》はコソコソと部屋《へや》を出《で》た。

はぁ〜、プランスって、気《き》むずかしい人《ひと》だよねぇ……。

だいたい、なんだっていきなり機嫌悪《きげんわる》くなったんだろ。

首《くび》をかしげながら廊下《ろうか》を歩《ある》きかけたそのとき、大《おお》きな悲鳴《ひめい》が館中《やかたじゅう》に響《ひび》きわたった。

原田容子《はらだようこ》の声《こえ》だった。

まるでしめ殺《ころ》されるかのような絶叫《ぜっきょう》っ！

私《わたし》はぎょっとし、立《た》ちすくんだ。

部屋《へや》の中《なか》からプランスが飛《と》びだしてくる。

「スズッ！　どうしたっ!?」

ん……私《わたし》じゃないけど。

「おまえじゃないのか」

私《わたし》がうなずくと、プランスはほっとしたように息《いき》をつき、そのまま部屋《へや》にもどっていこうとした。

ちょっと待《ま》ってっ！

「なにかあったんじゃないの。行《い》ってみないと」

「いま、フランスの物理学会《ぶつりがっかい》に発表《はっぴょう》するメタマテリアルの論文《ろんぶん》を書《か》きはじめたところなんだ。いそがしい」

ああ、「マカロン姫《ひめ》とペルシャ猫《ねこ》」の中《なか》で出《で》てきた透明人間《とうめいにんげん》になれるヤツね。

「それはあとっ！　とにかく行《い》こう」

強引《ごういん》にプランスを引《ひ》っぱって階段《かいだん》をおりていくと、玄関《げんかん》ホールにはもうみんなが集《あつ》まってきていた。

「なにがあったんだ」

プランスの声《こえ》に、みんながいっせいにこちらをふりむいた。

「プランス、いま、しらせにいこうとしていたところだ」

そう言《い》ったのは、女公爵《おんなこうしゃく》だった。

そばには、容子《ようこ》がへたりこんでいる。

その顔《かお》はまっさおで、ワナワナ震《ふる》えていた。

「これを見《み》てくれ」

女公爵《おんなこうしゃく》が指《ゆび》をさした床《ゆか》の上《うえ》には、びっしょりとぬれた服《ふく》がおいてあった。

あれ、この服《ふく》、どっかで見《み》たことがあるような……。

そう思《おも》って、頭《あたま》をヒネっていて、思《おも》いだしたっ！

初代女公爵《しょだいおんなこうしゃく》が、写真《しゃしん》の中《なか》で着《き》ている服《ふく》だっ!!

「今朝方《けさがた》、これが岩場近《いわばちか》くの海《うみ》に浮《う》かびあがって、砂浜《すなはま》に打《う》ちあげられたらしい。この館《やかた》のものじゃないかって、地元《じもと》の人《ひと》が持《も》ってきてくれたんだ」

私《わたし》が息《いき》をのんでいると、そこにアンジーがかけつけてきて、驚《おどろ》いた様子《ようす》で手《て》にとった。

「ああ、これは女公爵《おんなこうしゃく》のお気《き》に入《い》りだった服《ふく》です。46年前《ねんまえ》、海《うみ》に入《はい》ったときにも、これを着《き》ていたんですよ。でも、どうして今《いま》になって、こんなものが海《うみ》から……」

ぞぉ～っ！

「やっぱり、明日《あした》、帰《かえ》ってくるんだ」

そうさけんだのは、容子《ようこ》だった。

「いやっ！　たたらないで!!　ちょっとふざけてただけなんだから。やめて。私《わたし》を呪《のろ》わないでよっ!!」

言《い》いながら、わぁわぁ泣《な》きだしてしまった。

いつも強気《つよき》の容子《ようこ》が泣《な》きわめいているのを見《み》て、みんなも、急《きゅう》におそろしくなったようだった。

「本当《ほんとう》に、女公爵《おんなこうしゃく》が帰《かえ》ってくるんですかっ？」

「やだ。こわいよ」

「家《いえ》に帰《かえ》りたい」

「私《わたし》も」

つぎつぎとそう言《い》いだしたので、プランスと女公爵《おんなこうしゃく》は、顔《かお》を見《み》あわせた。

だってここで臨海授業《りんかいじゅぎょう》を中止《ちゅうし》して、みんなが帰《かえ》っていったら、それこそたいへんな噂《うわさ》になるもの。

私《わたし》はいそいで前《まえ》に出《で》て、プランスに言《い》った。

「ねえ、46年《ねん》もたってこの服《ふく》が浮《う》かびあがってきたのは、どうして？　物理的《ぶつりてき》に説明《せつめい》できるの？」

プランスは腕《うで》をくみ、一方《いっぽう》の手《て》を立《た》てて自《じ》分《ぶん》のあごをつまんだ。

「服《ふく》の重《おも》さと浮力《ふりょく》、それに海流《かいりゅう》の関係《かんけい》だな。浮力《ふりょく》というのは、浮《う》く力《ちから》だ。正確《せいかく》に言《い》うと、重力《じゅうりょく》のある状態《じょうたい》で、流体《りゅうたい》の中《なか》にある物体《ぶったい》を流体《りゅうたい》が上《うえ》に押《お》しあげる力《ちから》のことだ。この算出方《さんしゅつほう》法《ほう》は、アルキメデスが発見《はっけん》した。つまり、流体《りゅうたい》の密度《みつど》×物体《ぶったい》の体積《たいせき》×……」

ふぁぁ〜……眠《ねむ》い……。

長《なが》い長《なが》い説明《せつめい》の間《あいだ》に、みんなの恐怖心《きょうふしん》はだんだん消《き》えていって、説明《せつめい》が終《お》わったときまでには、容子《ようこ》も泣《な》きやみ、だれもが落《お》ちついていた。

「……ということで、たしかにこれは女公爵《おんなこうしゃく》の服《ふく》かもしれないが、呪《のろ》いとは関係《かんけい》がない。以上《いじょう》」

「つまり海流《かいりゅう》が運《はこ》んできたってわけ……？」

「ずっと海《うみ》の底《そこ》にあったから、くさらなかったんだ」

「へぇ、神秘《しんぴ》かも」

もうみんな帰《かえ》るとは言《い》わなくなって、三々五々《さんさんごご》、自分《じぶん》の部屋《へや》に引《ひ》きあげていった。

ふぅ、よかった……。

ほっとしながら見送《みおく》っていると、容子《ようこ》と目《め》があった。

「鈴木《すずき》さん」

そう言《い》いながら、容子《ようこ》はひき返《かえ》してきて、私《わたし》の前《まえ》に立《た》った。

「イタズラしたこと、みんなに秘密《ひみつ》にしてよ」

え……あやまりもせずに、そう言《い》うかぁ……。

けっこう、でかい態度《たいど》だよね。

でもまぁ、真《ま》っ赤《か》になった目《め》がかわいそうだったんで、ゆるしてやることにした。

「いいよ。でも、これからあんたやほかの3人《にん》が、もし私《わたし》にいやがらせをしたら、そのときは言《い》いふらすからね。あんたが、わあわあ泣《な》いたってことも、ね」

そう言《い》うと、容子《ようこ》はくやしそうにうなずいた。

「わかったよ」

やったっ！

これでイジメから解放《かいほう》だっ‼

せいせいした気分《きぶん》で、私《わたし》は容子《ようこ》のうしろ姿《すがた》をながめた。

18
なぜか突然《とつぜん》、殺人事件《さつじんじけん》？

「鈴木《すずき》」

声《こえ》といっしょに、頭《あたま》の上《うえ》にぽんと手《て》が乗《の》った。

上《うえ》を見《み》ると、女公爵《おんなこうしゃく》がほほえんでいた。

「サンキュ。助《たす》かったよ。おまえのおかげで、みんなを落《お》ちつかせることができた」

いやぁ、テレちゃうな。

そう思《おも》いながら、ちらっとプランスのほうを見《み》ると、プランスは、ふんと横《よこ》をむいた。

「たまには、役《やく》にたつことも言《い》うわけだ」

けっ、かわいくないっ！

そんなにヒネくれてると、カノジョできないからねっ‼

私《わたし》のわきで、女公爵《おんなこうしゃく》が言《い》った。

「アンジーさん、大丈夫《だいじょうぶ》ですか？」

見《み》れば、アンジーは女公爵《おんなこうしゃく》の服《ふく》を手《て》にしたまま、固《かた》まったように立《た》ちつくしていた。

「え……ああ、大丈夫《だいじょうぶ》よ」

そうは言《い》ったものの、顔色《かおいろ》は青《あお》ざめていて、いかにも気分《きぶん》が悪《わる》そうだった。

きっとショックを受《う》けたんだ、年《とし》だからなぁ。

「ちょっと休《やす》むことにします。悪《わる》いけど、これ、おねがいね」

服《ふく》を女公爵《おんなこうしゃく》にわたし、杖《つえ》をつきながら、自分《じぶん》の部屋《へや》にもどっていく。

「おねがいね、って……」

女公爵《おんなこうしゃく》は、とほうにくれた様子《ようす》で服《ふく》を見《み》つめた。

「これ、どうすりゃいんだ？」

う〜ん、むずかしい問題《もんだい》だぁ。

捨《す》てるわけにもいかないし、とっておくにしてもずぶぬれだし。

「とりあえずアンジーさんに、どうしたいか聞《き》いてみたほうがいいんじゃない？」

そう言《い》いながら、ふと思《おも》った。

服《ふく》が浮《う》かんできたのはわかったけど、その中味《なかみ》はいったいどうなったんだろうって。

「ね、女公爵《おんなこうしゃく》、この服《ふく》の中《なか》に入《はい》ってた体《からだ》は、どこ？」

私《わたし》が声《こえ》をひそめると、女公爵《おんなこうしゃく》もこっそり答《こた》えた。

「そりゃ、もちろん魚《さかな》のエサだろう」

ひぇっ！

やっぱ、こわいよ、これ、捨《す》てたほうがいいかもっ!!

「おい、悠貴《ゆうき》」

プランスが、どこか遠《とお》くを見《み》つめるような目《め》をして言《い》った。

「おまえ、アンジーさんがいつごろからこの館《やかた》に雇《やと》われていたのか、聞《き》いたことがあるか」

女公爵《おんなこうしゃく》は、考《かんが》えこんだ。

「ちょっと待《ま》て。思《おも》いだすから。……えっと父《ちち》から聞《き》いたのは、たしか、ここを買《か》いとったときに、館《やかた》のことならなんでもしっている使用人《しようにん》がいるから、このままここで働《はたら》かせてほしいという申《もう》し出《で》があったんだと思《おも》ったな。それで面接《めんせつ》をして、雇《やと》って管理《かんり》をまかせた。それがアンジーさんだ。最初《さいしょ》は、女公爵《おんなこうしゃく》が雇《やと》ったんじゃないのかな。フランスから連《つ》れてきたとか」

プランスのセルリアン・ブルーの瞳《ひとみ》に、冷《つめ》たい光《ひかり》がきらめく。

「おまえの父親《ちちおや》は、女公爵《おんなこうしゃく》のイトコからこの館《やかた》を買《か》ったんだったな」

「そうだよ。女公爵《おんなこうしゃく》が海《うみ》に消《き》えて、シャーベット公爵家《こうしゃくけ》の財産《ざいさん》は全部《ぜんぶ》、イトコのものになったんだから」

プランスは、黙《だま》りこんだ。

その目《め》が、いっそう鋭《するど》く光《ひか》りはじめるのを見《み》て、私《わたし》はドキドキ。

こういうときって、プランスの頭《あたま》がフル回転《かいてん》してるときなんだよね。

う〜む、いったいなにを考《かんが》えているんだろう。

私《わたし》はじっとプランスを見《み》つめて、話《はな》してくれるのを待《ま》っていた。

でも、いつまでたってもプランスがなんにも言《い》わないので、そのうちにがまんできなくなってしまった。

「ねぇ、なに考《かんが》えてるの？　イトコが問題《もんだい》なの？」
プランスは、ふっと目《め》の力《ちから》を弱《よわ》め、私《わたし》を見《み》た。
「いまのアンジーさんの顔《かお》を見《み》たか。なにかをかくしている人間《にんげん》の顔《かお》だった」
え……そうなの。

疲《つか》れてるとしか見《み》えなかったけど、物理学者《ぶつりがくしゃ》の目《め》から物理的《ぶつりてき》に見《み》るとそうなのかなぁ。

で、いったいなにをかくしてんの？

ワクワク、ドキドキ、早《はや》く教《おし》えてっ！

「考《かんが》えられること、その1」

ごっくん！

「女公爵《おんなこうしゃく》は、イトコに恋人《こいびと》をとられて自殺《じさつ》したことになっている。だが本当《ほんとう》は、こうかもしれない。公爵家《こうしゃくけ》に養《やしな》われていたイトコは、つねづね、女公爵《おんなこうしゃく》をねたんでいた。だから恋《こい》人《びと》を横《よこ》どりし、さらに財産《ざいさん》の乗《の》っとりもたくらんだ。自殺《じさつ》に見《み》せかけて女公爵《おんなこうしゃく》を殺《ころ》し、海《うみ》に捨《す》てたんだ」

げっ！

「そしてさっさと館《やかた》を売《う》って、フランスに引《ひ》きあげた」

うーん、悪《わる》いヤツねっ！

「考《かんが》えられること、その2。女公爵《おんなこうしゃく》は、自分《じぶん》の恋人《こいびと》をとったイトコを憎《にく》み、殺害《さつがい》して海《うみ》に投《な》げこんだ」

げげっ！

「その罪《つみ》をかくすために、自分《じぶん》は自殺《じさつ》したことにし、それ以降《いこう》は、別人《べつじん》になって生《い》きている」

あ、そういえば、女公爵《おんなこうしゃく》とイトコはそっくりだって話《はなし》だった！

女公爵《おんなこうしゃく》は、イトコとしてフランスで生《い》きているのかもっ!!

「ここにずっといたアンジーさんは、すべてをしっているはずだ」

はたして、死《し》んだのは本当《ほんとう》に女公爵《おんなこうしゃく》なのか、それともイトコなのか。

さあ、アンジーに聞《き》いてみようっ！

「いや……きっと黙《だま》っているように言《い》われたんだ。おどされたのかもしれないし、女公爵《おんなこうしゃく》やイトコをかばっているのかもしれない。どっちにしろ、いままでしゃべらずにきたんだから、簡単《かんたん》に口《くち》を開《ひら》くとは思《おも》えないな」

そっか……。

「プランス、こうしたらどうだ」

女公爵《おんなこうしゃく》が言《い》った。

「フランスにいるイトコに電話《でんわ》をかけて、いろいろ聞《き》いて、さぐってみるんだ。アンジーさんからすべて聞《き》いたとか言《い》って、ゆさぶりをかければ話《はな》すかもしれない」

私《わたし》は、まじまじと女公爵《おんなこうしゃく》の顔《かお》を見《み》てしまった。

けっこう卑怯《ひきょう》なことを、平気《へいき》で言《い》うんだぁ、と思《おも》って……。

「なんだ、その目《め》は。なにか文句《もんく》でもあるのか。どっちが死《し》んでるにしても、殺人《さつじん》だ。はっきりさせないといかんだろう」

まぁね。

「どうせ時効《じこう》だけどな」

ジコウ？　それって、なぁに？

キョトンとしていると、プランスが凍《こお》りつくような目《め》でこちらをにらんだ。

「まさか、時効《じこう》がなにか、しらないってことはないよ、な」

その、まさかだけど。

「お、ま、え、……小学校《しょうがっこう》をやりなおしてこいっ！」

わーん、ごめんなさいっ！

もうっ、すぐ怒《おこ》るんだから……。

私《わたし》がイジけていると、女公爵《おんなこうしゃく》が教《おし》えてくれた。

「時効《じこう》というのは、罪《つみ》を犯《おか》した人間《にんげん》が公訴《こうそ》されずに一定期間《いっていきかん》がすぎると、処罰《しょばつ》されなくなる決《き》まりのことだ」

へぇ、そんなのがあるんだぁ……。

つまりうまく逃《に》げ続《つづ》けていれば、罰《ばつ》を受《う》けずにすむってわけなんだね。

でも、なんか……納得《なっとく》できないような気《き》がする。

いいんだろうか、それで。

「その期間《きかん》は、犯罪《はんざい》によってちがうが、長《なが》くても25年《ねん》だ」

この事件《じけん》は、46年前《ねんまえ》だから、時効《じこう》なのか。

「いや、そうでもない」

プランスがちょっと笑《わら》った。

「日本《にっぽん》の法律《ほうりつ》ではたしか、海外《かいがい》ですごした時間《じかん》をカウントしないはずだ。女公爵《おんなこうしゃく》もしくはイトコは、罪《つみ》を犯《おか》してすぐフランスにわたって、いまもそのままだから時効《じこう》は成立《せいりつ》しない。

つまりいまでも殺人犯《さつじんはん》として逮捕《たいほ》されるってことだ」

なるほど！　それでアンジーは、かくしてるんだねっ！

じゃあ、きっと絶対《ぜったい》にしゃべらないよ。

「どうする、プランス？」

女公爵《おんなこうしゃく》が聞《き》くと、プランスは不敵《ふてき》な感《かん》じのする笑《え》みをうかべた。

「とりあえず、フランスにいるイトコにさぐりを入《い》れてみてくれ。その結果《けっか》を見《み》て、また考《かんが》えよう」

私《わたし》は、ちょっと息《いき》をのんでから言《い》った。

「それで、その……あの、女公爵《おんなこうしゃく》が海《うみ》から帰《かえ》ってくるって話《はなし》は、結局《けっきょく》どうなるの？　殺人《さつじん》
だから、やっぱりうらみをこめて帰《かえ》ってくるわけ？」

プランスは思《おも》いっきり冷《つめ》たい目《め》で、まるで氷《こおり》の剣《けん》のような目《め》で、ちらっと私《わたし》を見《み》た。

「物理的《ぶつりてき》に、ありえない。悠貴《ゆうき》、行《い》くぞ。バカにかまっていると、バカがうつる」

わーん、ひどいよっ！

19　真夜中《まよなか》の訪問者《ほうもんしゃ》

プランスの話《はなし》によれば、女公爵《おんなこうしゃく》の服《ふく》は、アンジーさんが点検《てんけん》してからクリーニングに出《だ》すとのことだった。

「いま、悠貴《ゆうき》がフランスに電話《でんわ》を入《い》れている。これでなにもかもがはっきりするはずだ」

プランスにそう言《い》われて、私《わたし》はちょっと気《き》おくれしながらつぶやいた。

「でも、初代女公爵《しょだいおんなこうしゃく》か、イトコか、どっちかが死《し》んでるんだよね。だったら、やっぱり、うらんでるんじゃないの？　皆既日食《かいきにっしょく》のときに、パワーをもらって帰《かえ》ってくるかも」

瞬間《しゅんかん》、プランスは、その青《あお》い目《め》につきさすような光《ひかり》を浮《う》かべた。

「物理的《ぶつりてき》に、ありえない」

ううっ、視線《しせん》が痛《いた》い……。

「バカなことを言《い》っていないで、さっさと午後《ごご》の授業《じゅぎょう》に行《い》け」

そりゃ、プランスは、物理《ぶつり》の力《ちから》を信《しん》じているんだろうけど、さ。

物理《ぶつり》がてんでわからない私《わたし》には、信《しん》じられないもん。

やっぱり、こわいよ。

人《ひと》が殺《ころ》されてるんだし……。


午後《ごご》からはオリエンテーリングがあって、みんなで海岸《かいがん》の植物採集《しょくぶつさいしゅう》をした。

そのあと、寮《りょう》にもどって、採集《さいしゅう》した植物《しょくぶつ》を標本《ひょうほん》にして、この土地《とち》の郷土史《きょうどし》を習《なら》って、授《じゅ》業《ぎょう》は終《お》わり。

グループごとにお風呂《ふろ》に入《はい》って、夕食《ゆうしょく》を食《た》べた。

プランスと女公爵《おんなこうしゃく》は2人《ふたり》でテーブルを囲《かこ》んでいて、アンジーさんの姿《すがた》はなかった。

「体調《たいちょう》が悪《わる》いらしいよ」

ショックからだろうか。

それとも犯罪《はんざい》をかくしていることで、心《こころ》が痛《いた》むのだろうか。

「スズちゃん、今夜《こんや》、あんたの部屋《へや》に行《い》くからね」

ミャーコがそう言《い》って、夜《よる》になってから枕《まくら》と毛布《もうふ》、本《ほん》やノートやペンポーチ、それにお茶《ちゃ》のペットボトルを持《も》ってやってきた。

「2人《ふたり》でいれば、大丈夫《だいじょうぶ》だよ」

ベッドはひとつしかなかったから、ミャーコにゆずって、私《わたし》は床《ゆか》の上《うえ》、しくしくしく。

でも、それでも1人《ひとり》でベッドに寝《ね》るよりましだと思《おも》った。

「明日《あした》はいよいよ、皆既日食《かいきにっしょく》だね」

ああ《皆既《かいき》》が、《怪奇《かいき》》に聞《き》こえるぅ……。

「太陽《たいよう》がかくれるのって、朝《あさ》9時半《じはん》くらいらしいよ。で、12時《じ》すぎに終《お》わるんだって。このあたりでは、75パーセントくらいが欠《か》けるみたい。朝《あさ》なのに、夕方《ゆうがた》くらいな感《かん》じのふしぎな暗《くら》さになるんだってさ」

そのうす闇《やみ》にまぎれて、女公爵《おんなこうしゃく》はやって来《く》るのか、来《こ》ないのかっ!?

気《き》にしているせいか、波《なみ》の音《おと》がいやに大《おお》きく聞《き》こえた。

「あっ！」

ミャーコが突然《とつぜん》そう言《い》ったのは、夜《よる》9時《じ》をすぎたころ。

そろそろ寝《ね》ようかと思《おも》っていたときだった。

私《わたし》はドッキリ！

「いま、なにか聞《き》こえた」

やだよぅ……。

「ほら、またっ！」

私《わたし》は耳《みみ》をすましてみたけれど、波《なみ》の音《おと》しか聞《き》こえなかった。

「気《き》のせいじゃない？」

そうであってほしいと祈《いの》る私《わたし》に、ミャーコはきっぱりと首《くび》を横《よこ》にふった。

「ううん、はっきり聞《き》こえた。スズちゃんってば、来《こ》ないでほしいって強《つよ》く思《おも》ってるから、心《こころ》が耳《みみ》をふさいでるんだよ」

そうかなぁ……。

私《わたし》は、精神《せいしん》を集中《しゅうちゅう》して耳《みみ》をすませてみた。

波音《なみおと》が、しだいに近《ちか》くなってくるように感《かん》じる。

海《うみ》の底《そこ》から盛《も》り上《あ》がってきて、水面《すいめん》が高《たか》く持《も》ち上《あ》がっては、くだけて散《ち》っていくときの、ざばぁーん、ざばぁーんという響《ひび》きの奥《おく》に、別《べつ》のものが入《い》りまじっていた。

聞《き》こうとすればするほど、それは大《おお》きくなっていく。

私《わたし》は、息《いき》をつめた。

「ミャーコ、聞《き》こえた。どくっ、どくって、だんだん大《おお》きくなってくる」

ミャーコは、ちょっとため息《いき》をついた。

「それ、スズちゃんの心臓《しんぞう》の音《おと》だよ」

あ、そうか。

「ふざけてないでよ。ほんとに呪《のろ》い殺《ころ》されるよ」

真剣《しんけん》だよぉ……。

「もしかしてスズちゃんには、霊能力《れいのうりょく》がないのかもしんないね。私《わたし》、わりと強《つよ》いんだよ。だからきっと、私《わたし》にだけ聞《き》こえるんだ」

そうなのか。

「スズちゃんって霊能力《れいのうりょく》だけじゃなくて、勉強《べんきょう》の能力《のうりょく》もあんまり、ないしね」

う、う、う……。

私《わたし》は、気分《きぶん》がぐ～んと落《お》ちこんでしまって、鏡《かがみ》を見《み》たら、顔面《がんめん》まっさおだった。

「鏡《かがみ》なんか見《み》ないほうがいいよ。自分《じぶん》の顔《かお》じゃなくて女公爵《おんなこうしゃく》が映《うつ》ってたら、どうすんの」

ひっ！

こわいよ、こわいよ、こわいよぉっ!!

「ほら、やっぱりなんか、聞《き》こえる。足音《あしおと》だ。近《ちか》づいてくる。こわかったら、毛布《もうふ》かぶってていいよ」

私《わたし》は、頭《あたま》から毛布《もうふ》を引《ひ》っかぶって、床《ゆか》の上《うえ》に横《よこ》になった。

「悪《わる》いけど、私《わたし》、寝《ね》る。おやすみ」

眠《ねむ》っちゃえば、なにも見《み》えないし、聞《き》こえないし、こわくないもん。

「このドアの前《まえ》で、止《と》まったっ！」

わーん、止《と》まるなっ！

「開《あ》けてみようか？」

開《あ》けたら、入《はい》ってくるでしょーがっ！

「あ……動《うご》きだした。遠《とお》ざかっていくみたい。行《い》った」

ほっとして、私《わたし》は毛布《もうふ》から顔《かお》を出《だ》した。

「なにしにきたの？」

ミャーコは、ペットボトルのお茶《ちゃ》に手《て》をのばしながら首《くび》をかしげた。

「まだパワーが足《た》りなくて、ドアを通《とお》りぬけられないとか、かな」

じゃあ明日《あした》になったら、通《とお》りぬけてくるわけっ？

「ちょっと見《み》てみよう」

ミャーコは立《た》ちあがり、ドアに近《ちか》よっていった。

私《わたし》は、またも毛布《もうふ》の中《なか》へ緊急避難《きんきゅうひなん》っ！

瞬間《しゅんかん》、ミャーコのさけびが聞《き》こえた。

「スズちゃん、来《き》てっ！」

呼《よ》ばないでよ、こわいんだからっ！

ああ、この毛布《もうふ》が、霊《れい》よけのシェルターだったらいいのに。

「スズちゃんってば！」

しつこく呼《よ》ばれて、私《わたし》はしかたなく、全力《ぜんりょく》をふりしぼって毛布《もうふ》から出《で》て、ミャーコのそばまで行《い》った。

「あれ、見《み》て」

私《わたし》の部屋《へや》のドアの前《まえ》に、1枚《まい》のカードがおかれていた。

女公爵《おんなこうしゃく》の紋章《もんしょう》のついたカードで、文字《もじ》が打《う》たれている。

「なんて書《か》いてあるんだろう」

ミャーコがそばにより、手《て》にとって、すぐほうりだしながら悲鳴《ひめい》のような声《こえ》を出《だ》した。

「これ、ぬれてるっ！　生《なま》ぐさいっ!!」

私《わたし》はふるえあがり、おもわず、全力《ぜんりょく》でドアをばたんっと閉《し》めてしまった。

「ちょっと、スズちゃんっ！」

あ、ミャーコが外《そと》に出《で》たままだった……。

あわててドアを開《あ》けると、ミャーコが目《め》を見開《みひら》いて立《た》っていた。

「あんたの友情《ゆうじょう》って、こんなもん？」

ごめん……。

でも、こわかったんだよぉ！

「書《か》いてあった言葉《ことば》は」

言《い》いながらミャーコは、おそろしそうに廊下《ろうか》に落《お》ちたカードをふり返《かえ》った。

「皆既日食《かいきにっしょく》のはじまりから終《お》わりまでの間《あいだ》に、血《ち》の復讐《ふくしゅう》を！　だって」

うわ〜ん、一方的《いっぽうてき》ねっ！

ひどいよっ!!

「こうなったら、悪魔《あくま》ばらいをするしかない」

ミャーコはそう言《い》って、部屋《へや》に入《はい》り、自分《じぶん》の持《も》ってきたノートを広《ひろ》げた。

「昼間《ひるま》、インターネットのサイトで、悪魔《あくま》ばらいの方法《ほうほう》をプリントアウトしといたんだ。スズちゃんのためだよ」

う、うっ、ありがとう。

「いろんな方法《ほうほう》があるけど、まず十字架《じゅうじか》だね。部屋《へや》のドアとか窓《まど》とかに十字架《じゅうじか》をつけて、魔物《まもの》が入《はい》れないようにするの」

私《わたし》は、コクンと息《いき》をのんで聞《き》いた。

「でも女公爵《おんなこうしゃく》って、魔物《まもの》なの？」

なんか、ちがうような気《き》がするけれど。

「人《ひと》を呪《のろ》うようなヤツは、みんな魔物系《まものけい》よ」

そうなのか。

「皆既日食《かいきにっしょく》の間《あいだ》、十字架《じゅうじか》で守《まも》られた部屋《へや》から出《で》ないようにして、聖書《せいしょ》の言葉《ことば》を唱《とな》えてれば大丈夫《だいじょうぶ》だよ。さ、まず十字架《じゅうじか》を作《つく》ろう」

それで、必死《ひっし》で十字架作《じゅうじかづく》りっ！

ノートに十字架《じゅうじか》を書《か》いて、切《き》りぬいたり、シャープペンやヘアピン2本《ほん》を十字架《じゅうじか》のかたちにしばったり。

そのあと、それを部屋《へや》のあちこちにガビョウで留《と》めた。

「う～ん、まだ力《ちから》が弱《よわ》い気《き》がする。そうだ、スズちゃんのパジャマにも十字架《じゅうじか》を書《か》こう」

ミャーコが言《い》って、ネームペンで私《わたし》のパジャマに十字架《じゅうじか》を書《か》いた。

「スズちゃんの体《からだ》にも書《か》いたほうがいいかも」

で、私《わたし》のほっぺや、腕《うで》や足《あし》が、たちまち十字架《じゅうじか》だらけにっ！

指先《ゆびさき》にも書《か》いたんだよ。

「このくらいしとけば、きっと近《ちか》よれないよ。あ、寝《ね》ちゃうと、体《からだ》に書《か》いたのがとれちゃうかもしんないから、おきててね」

え、えっ、朝《あさ》までずっとおきてるのぉっ！

「耳《みみ》なしホウイチの話《はなし》、聞《き》いたことないの？」

ううっ、ゾクゾクゾクッ！

たしか、耳《みみ》なしホウイチってのは、幽霊《ゆうれい》から身《み》を守《まも》るために、坊《ぼう》さんにたのんで体中《からだじゅう》にお経《きょう》を書《か》いてもらったんだけど、書《か》いた坊《ぼう》さんがマヌケで、耳《みみ》だけ書《か》くのを忘《わす》れたために、幽霊《ゆうれい》に見《み》つかって、その耳《みみ》を引《ひ》きちぎられたっていうかわいそうな人《ひと》。

じゃ私《わたし》も、眠《ねむ》っているときに、こすれてほっぺの十字架《じゅうじか》が消《き》えたりしたら、ほっぺを持《も》ってかれちゃうんだ、やだぁっ！

それで目《め》がギンギンに冴《さ》えてしまって、私《わたし》は朝《あさ》まで一睡《いっすい》もできなかった。

ベッドではミャーコが、すやすや寝《ね》ているっていうのにっ！

20 ついに呪《のろ》いの当日《とうじつ》

「ああ、おはよう、スズちゃん」

たっぷり眠《ねむ》ったミャーコは、朝《あさ》になると上機嫌《じょうきげん》で目《め》をさまし、窓《まど》のカーテンを開《あ》けた。

「なんてすてきな朝《あさ》」

とっても、さわやかな顔《かお》。

でも私《わたし》は、とっても重苦《おもくる》しいウツウツ顔《がお》。

「私《わたし》、朝食《ちょうしょく》、食《た》べにいってくるからね。スズちゃんは、ここから出《で》ちゃダメだよ」

え、朝《あさ》ご飯《はん》、食《た》べられないのぉ!?

「ちょっとくらい、がまんしなさいよ。あと2時間《じかん》もすると、日食《にっしょく》がはじまるんだから。

なにがあっても、出《で》ないでね。ドアを開《あ》けるのも、ダメだよ。おおかみと7匹《ひき》のコヤギの話《はなし》みたいに、女公爵《おんなこうしゃく》がだれかに化《ば》けてやってくるかもしれないから。ここに皆既日食用《かいきにっしょくよう》のサングラス、おいとくからね。私《わたし》のだけど、かしてあげる。これでよく見《み》ていて、終《お》わったら出《で》てきてもいいから」

そう言《い》いのこして、ミャーコは行《い》ってしまった。

十字架《じゅうじか》がこすれて消《き》えたらこまると考《かんが》えると、なにもできない。

私《わたし》はサングラスをかけ、しゃがみこんで、壁《かべ》によりかかった。

耳《みみ》をすますと、波《なみ》の音《おと》にまじって、みんなのおしゃべりや食器《しょっき》の音《おと》が聞《き》こえてきた。

気《き》のせいか、においまで、ただよってくるような……。

もう立《た》てないくらい、ハラ、ペコだぁぁ。

やがて物音《ものおと》は聞《き》こえなくなり、静《しず》まり返《かえ》った。

ああ、朝《あさ》ごはん、おわったんだなぁ……。

メニュー、なんだったのかな、オムレツとか、かな。

窓《まど》の外《そと》の空《そら》にうかんでいる雲《くも》が、パンに見《み》えた。

トーストみたいなかたちのも、クロワッサンみたいなのも、デニッシュも、アンパンのようなのもうかんでいた。
食《く》っ、食《く》いたいっ！
その瞬間《しゅんかん》だった。
ものすごいいきおいでドアがたたかれて、私《わたし》は、ぎょっ！
女公爵《おんなこうしゃく》の霊《れい》が来《き》たんだろうかっ!?
「スズ、どうかしたのか」
プランスの声《こえ》だった。
「おまえが朝食《ちょうしょく》をとらないなんて、なにがあった？」
なんか言《い》い方《かた》がムカつくけど、ま、心配《しんぱい》してくれているんだと思《おも》おう。
私《わたし》は立《た》ちあがって、ドアを開《あ》けにいこうとした。
そのとき、ミャーコの言葉《ことば》を思《おも》いだしたのだった。
『女公爵《おんなこうしゃく》がだれかに化《ば》けてやってくるかもしれないから』
とたんに、足《あし》がすくんだ。
じゃ、これはプランスじゃなくて、女公爵《おんなこうしゃく》の霊《れい》っ？

「おい、ここを開《あ》けろ。早《はや》く開《あ》けるんだ」

プランスのふりして、私《わたし》を襲《おそ》いにきたのっ!?

「スズ、どうしたんだ？　開《あ》けられないのか」

私《わたし》が声《こえ》も出《だ》せずにいると、プランスの声《こえ》は聞《き》こえなくなり、やがて女公爵《おんなこうしゃく》の声《こえ》に変《か》わった。

「鈴木《すずき》、どうした、なにがあったんだ？」

わっ、今度《こんど》は女公爵《おんなこうしゃく》に化《ば》けたっ！

えーい、開《あ》けるもんかっ!!

「ここを開《あ》けろっ！」

そのとき、窓《まど》の外《そと》がすうっと暗《くら》くなりはじめた。

太陽《たいよう》に、月《つき》の影《かげ》が食《く》いこんでいく。

皆既日食《かいきにっしょく》がはじまったっ！

「開《あ》けろ、鈴木《すずき》、開《あ》けられないのか」

あたりは、しんしんと暗《くら》くなっていく。

「どけ、悠貴《ゆうき》。なんの返事《へんじ》もないなんておかしい！」

プランスの声《こえ》がしたかと思《おも》うと、どしーんとなにかがドアにぶつかった。

ひぇっ、霊《れい》が体当《たいあ》たりしてるっ！

窓《まど》の外《そと》に目《め》をやれば、太陽《たいよう》はどんどん欠《か》けていく。

つまり女公爵《おんなこうしゃく》のパワーは、大《おお》きくなるばかりっ！

ドアは、ぎしっぎしっと音《おと》をたてはじめた。

ああドア、倒《たお》れるんじゃないぞ、根性入《こんじょうい》れてふんばってくれ！

皆既日食《かいきにっしょく》、おまえは早《はや》く終《お》わるんだあっ!!

「あと少《すこ》しだ。待《ま》ってろ、スズ！」

いや――っ、来《こ》ないで――っ！

太陽《たいよう》は、ついに半分以上《はんぶんいじょう》もかくれ、さらにかくれて、皆既日食《かいきにっしょく》は最高潮《さいこうちょう》っ！

瞬間《しゅんかん》、メリメリッという音《おと》とともにドアが破《やぶ》れて、倒《たお》れてきた。

私《わたし》は飛《と》びのこうとしたけれど、おなかがへっていて動《うご》けないっ！

ああ、ほんとにもう最期《さいご》だぁ……。

「スズ、生《い》きてるか？」

倒《たお》れたドアを踏《ふ》んで、プランスが姿《すがた》を見《み》せた。

そのうしろに、女公爵《おんなこうしゃく》も続《つづ》いている。

あれ、もしかして、本物《ほんもの》っ？

「なんだ、この部屋《へや》は。……スズ、おまえ、その顔《かお》」

私《わたし》を見《み》つけたプランスは、そう言《い》うなり、絶句《ぜっく》。

女公爵《おんなこうしゃく》は、どっと笑《わら》いだした。

「いったい、なんのマネだ、それは」

怒《おこ》りはじめるプランスと、笑《わら》いが止《と》まらない女公爵《おんなこうしゃく》の前《まえ》で、私《わたし》はなんといっていいのか
わからなかった。

「だって、あの、呪《のろ》いが……」

そう言《い》いかけると、プランスがぴしゃりと言《い》った。

「物理的《ぶつりてき》に、ありえない」

ものすごく冷《つめ》たい視線《しせん》をあびせられて、私《わたし》は凍死寸前《とうしすんぜん》。

「でも……廊下《ろうか》に……カードが……」

そう言《い》いながら、必死《ひっし》で立《た》ちあがって廊下《ろうか》に出《で》てみると。

「どこにカードがあるんだ？」

たしかにそこに落《お》ちていたはずのカードは、なくなっていた。

あれ……。

「スズ、おまえ、なに考《かんが》えているんだ。団体行動《だんたいこうどう》を乱《みだ》したあげくに、部屋《へや》をこんなにして。

それでも中学生《ちゅうがくせい》か。反省《はんせい》しろ」

そう言《い》うなり、プランスはさっと身《み》をひるがえして出《で》ていってしまった。

私《わたし》は、しゅん……。

だって、こわくてこわくて、夢中《むちゅう》だったんだもん。

そんなに怒《おこ》ること、ないじゃないかぁ……。

21 藻草《もぐさ》はしっている

「気《き》にするな」

女公爵《おんなこうしゃく》が、肩《かた》をたたいてなぐさめてくれた。

「プランスはすごく心配《しんぱい》してたから、おまえの無事《ぶじ》を確認《かくにん》してほっとしたんだ」

ほっとして、あれなのかぁ……。

プランスって、そーとー、変《か》わってるよなぁ。

「プランスのあんな顔《かお》、はじめて見《み》たぞ。ドアは、すぐ修理《しゅうり》させるから、それまで私《わたし》の部屋《へや》にきているといい」

女公爵《おんなこうしゃく》は、けっこうやさしかった。

それで私《わたし》は、いままで気《き》になっていたことを聞《き》いてみる気《き》になったんだ。

二人《ふたり》っきりだったしね。

「あの……女公爵《おんなこうしゃく》？」

「悠貴《ゆうき》でいいよ。なんだ？」

「あの……私《わたし》が作家《さっか》だってこと、しってたんですよね。新聞《しんぶん》か雑誌《ざっし》で見《み》たんですか」

女公爵《おんなこうしゃく》はちょっと笑《わら》った。

「そういう記事《きじ》に興味《きょうみ》があってね。私《わたし》も、作家《さっか》になりたいと思《おも》ってるから」

へぇ……。

「じつは、おまえが応募《おうぼ》した新人賞《しんじんしょう》に、私《わたし》も出《だ》したんだ」

ぎくっ！

「私《わたし》は落《お》ちた。おまえを見《み》て、なんでこんなのが作家《さっか》になれたのかって不思議《ふしぎ》だったよ。

ウソなんじゃないかって」

ぎくぎくぎくっ！

「でも、なんとなくわかった気《き》がした。おまえは……そうだな……なにか、特別《とくべつ》なものを持《も》っているんだ」

え……。

「魂《たましい》の底《そこ》からわき上《あ》がってくる力《ちから》みたいなもの。生《い》きるエネルギーって言《い》えば、いいのかな。それがおまえの体中《からだじゅう》にあふれていて、おまえをキラキラ輝《かがや》かせている」

はあ……。

「そういうものがないと、いい小説《しょうせつ》も書《か》けないし、たぶん作家《さっか》にもなれないんだろうな」

女公爵《おんなこうしゃく》の言《い》うとおりだとしたら……。私《わたし》、これからがんばれば、本当《ほんとう》に小説《しょうせつ》が書《か》けるのかもしれない。

そう思《おも》うと、急《きゅう》にうれしくなった。

だって本当《ほんとう》に小説《しょうせつ》が書《か》ければ、私《わたし》のまんまで本物《ほんもの》の作家《さっか》になれる。

もうウソをつかなくてもよくなるんだもの。

よし、がんばろおっと！

「ところで、昨日《きのう》話《はな》した46年前《ねんまえ》の殺人《さつじん》についての調査《ちょうさ》は、中断《ちゅうだん》しているところだ」

へっ、なんで？

「あれからすぐフランスにいるというイトコに電話《でんわ》をかけたんだが、本人《ほんにん》と話《はなし》ができなかった。入院《にゅういん》しているらしい。なんでも高齢《こうれい》で、体調《たいちょう》がよくないとか。今年《ことし》80歳《さい》になるんだってさ」

人間《にんげん》って、そのくらい生《い》きると、だんだんパーツが疲《つか》れてくるのかなぁ。

アンジーもたしか、同《おな》い年《どし》だもんね。

「荷物《にもつ》を持《も》って、私《わたし》の部屋《へや》にこい。小説《しょうせつ》の話《はなし》でもしよう」

そう言《い》われて、私《わたし》は大《おお》きくうなずいた。

「ああ、その前《まえ》に、まず朝飯《あさめし》を食《く》わなきゃな。部屋《へや》に用意《ようい》しておいてやる」

ほんとっ!?

食《た》べ物《もの》のことに気《き》を配《くば》ってくれる人《ひと》って、好《す》きだなぁ。

「ああ、それと、おまえ、顔《かお》を洗《あら》えよ。その顔《かお》じゃ、なに言《い》ってもマヌケにしか聞《き》こえない」

笑《わら》って女公爵《おんなこうしゃく》は片手《かたて》を上《あ》げ、階段《かいだん》をおりていった。

今《いま》までずっと警戒《けいかい》してきた女《おんな》、女公爵《おんなこうしゃく》とうちとけることができて、私《わたし》はすごくうれしかった。

元気《げんき》をとりもどし、部屋《へや》に入《はい》って、自分《じぶん》の荷物《にもつ》をまとめる。

ミャーコの荷物《にもつ》も、そのままになっていた。

えっと、これ、どうしようかな。

そう思《おも》ってながめていて、ふっと気《き》がついた。

お茶《ちゃ》のペットボトルの中《なか》に、細《ほそ》い繊維《せんい》のようなものが入《はい》っていることに。

お茶《ちゃ》ガラかなって、初《はじ》めは思《おも》った。

でも顔《かお》を近《ちか》づけてよく見《み》たら、中《なか》に浮《う》いていたのは、小《ちい》さな藻《も》だった。

なんでお茶《ちゃ》に藻《も》なんか入《はい》っているんだろう？

それで、キャップをとって鼻《はな》を近《ちか》づけたら、ぷうんと海《うみ》のにおいがした。

生《なま》ぐさくって、ぬれていたあのカードと同《おな》じにおいだった。

驚《おどろ》きながら私《わたし》は、昨日《きのう》の夜《よる》のことを思《おも》いだした。

私《わたし》には聞《き》こえなかった足音《あしおと》。

ミャーコがドアに近《ちか》づいていったとき、毛布《もうふ》をかぶっていてなにも見《み》ていなかったこと。

いろいろなことが、ゆっくりと思《おも》いだされた。

でも、どーしてっ！

私《わたし》たちは、友《とも》だちなんじゃないの？

ミャーコとしりあってからいままでのできごとや、ミャーコの笑《わら》い顔《がお》や、泣《な》きそうな顔《かお》がつぎつぎと胸《むね》にうかんだ。

私《わたし》たちは、友《とも》だちだったんじゃないの？

私《わたし》はペットボトルをつかんで、自分《じぶん》の部屋《へや》を出《で》た。

日食《にっしょく》は終《お》わりかけて、太陽《たいよう》はどんどん力《ちから》をとりもどし、大《おお》きくなってきていた。

ミャーコの部屋《へや》まで行《い》って、ドアをノックする。

「はい。だれ？」

そう言《い》ってミャーコは、いつもどおりの顔《かお》で出《で》てきた。

「スズちゃん、まだ顔洗《かおあら》ってないの。もう日食《にっしょく》、終《お》わりだよ。あと3分《ぷん》くらい」

明《あか》るくなった光《ひかり》が、廊下《ろうか》の窓《まど》からさしこんでくる。

私《わたし》は、ミャーコの前《まえ》にペットボトルをつきだした。

ボトルの中《なか》で、藻《も》が、光《ひかり》を反射《はんしゃ》してキラキラ光《ひか》っていた。

「あ」

ミャーコは、口《くち》から声《こえ》をもらした。

私《わたし》が黙《だま》っていると、ちょっと笑《わら》った。

「バレちゃったんだ」

そう言《い》ってから、目《め》をきつくして私《わたし》をにらんだ。

「あんたって、ムカつく。あんたのことが大《だい》っ嫌《きら》い！　なによ、カイやプランスさまや女《おんな》公爵《こうしゃく》と親《した》しくて、かまってもらって、ちやほやされて、スポーツもできて、勉強《べんきょう》がぜんぜんダメでも、まるでダメージ受《う》けないで。いつも幸《しあわ》せじゃん。なんであんただけが、幸《しあわ》せなのよ。そんなの絶対《ぜったい》、ゆるせない」

びっくりした。

そんなふうに考《かんが》えるんだって思《おも》って。私《わたし》とはぜんぜんちがうんだなぁ……。

だって私《わたし》だったら、だれかが幸《しあわ》せなら、自分《じぶん》もうれしくなるもん。

「あんたも、不幸《ふこう》になるといい。いやな思《おも》いやこわい思《おも》いをして、みんなに嫌《きら》われて、オチこむといいんだ」

そんなこと考《かんが》えてたんだ。

しらなかった……。

「私《わたし》なんか、すごく一生懸命《いっしょうけんめい》やってるのに、不幸《ふこう》なことばっかりなんだから」

そうかなぁ……。

学年《がくねん》でも成績《せいせき》が上位《じょうい》で名前《なまえ》を貼《は》りだされてるし、運動《うんどう》だってべつにダメなわけじゃないし、見《み》た目《め》だってかわいいし、容子《ようこ》たちにもはっきりしたことが言《い》えるくらい強《つよ》いし。

私《わたし》がミャーコだったら、今《いま》のままでじゅうぶん、満足《まんぞく》するけどな。

「あんたも、不幸《ふこう》になればいい！」

私《わたし》は首《くび》をかしげた。

「でも私《わたし》が不幸《ふこう》になっても、あんたの成績《せいせき》が上《あ》がるとか、リレーの選手《せんしゅ》になれるとかは、ないよ。あんたの状態《じょうたい》は、同《おな》じだと思《おも》うけど」

「状態《じょうたい》が同《おな》じでも、気持《きも》ちがすっきりするの。他人《たにん》の不幸《ふこう》は、蜜《みつ》の味《あじ》っていうじゃない。あんたが不幸《ふこう》になれば、私《わたし》はうれしいのよっ！」

そうなのかぁ……。

「はじめっから、あんたのことなんて好《す》きじゃないし」

がぁ〜んっ！

その言《い》い方《かた》は、ひどくない？

「入学式《にゅうがくしき》のあと、1人《ひとり》でかなりめだってたから、くやしくって、足引《あしひ》っぱってやろうと思《おも》っただけだよ」

げっ、けっこう性格《せいかく》、悪《わる》い。

今《いま》まで、ぜんぜん気《き》づかなかったな。

でも、考《かんが》えてみれば、私《わたし》がミャーコと友《とも》だちになったのは、たまたま席《せき》が近《ちか》くて、話《はな》すようになったからだった。

それが、まちがいのもとだったのかもなぁ。

性格《せいかく》を好《す》きになったとか、心《こころ》がかよったとか、そんなんじゃなかったんだもの。

なんとなく、友《とも》だちだって自分《じぶん》で決《き》めてただけで、本当《ほんとう》は友《とも》だちになれていなかったのかもしれない。

そう思《おも》いながら、私《わたし》はミャーコを見《み》た。

ミャーコは、こちらをにらんでいた。
だけど、その目《め》は、なんだかすごく悲《かな》しそうだった。
ああミャーコは本当《ほんとう》に、自分《じぶん》を不幸《ふこう》だと思《おも》いこんでいるんだ。
だから他人《たにん》にも、自分《じぶん》といっしょに不幸《ふこう》になってほしいんだ。
そう感《かん》じた。
これじゃ、永久《えいきゅう》に、友《とも》だちなんかできないぞ。
なんだか、かわいそうかも。
だからって、これほど言《い》われて、私《わたし》が友《とも》だちになってやることもできないし。
いっしょに不幸《ふこう》になるのは、かんべんしてほしいし。
う〜ん、私《わたし》がミャーコにしてやれることは、なんなのかなぁ。
いつになくまじめに、あれこれと悩《なや》みこんでいたそのとき、うしろから声《こえ》がした。
「すっかり聞《き》きましたよ」
びっくりしてふり返《かえ》ると、アンジーが杖《つえ》をついて階段《かいだん》からおりてくるところだった。
「まあ、なんて子《こ》でしょう。人《ひと》をねたむ気持《きも》ちが強《つよ》すぎるわね」

ミャーコは、目《め》をすえてアンジーをにらみつけた。

「あんたに関係《かんけい》ないじゃないっ！　ほっといてよっ!!」

アンジーは、にっこりと笑《わら》った。

「安心《あんしん》しなさい。私《わたし》にそっくりだって言《い》いたかったんだから」

へっ？

「昨日《きのう》の夜《よる》、フランスから電話《でんわ》があってね、入院中《にゅういんちゅう》だった初代女公爵《しょだいおんなこうしゃく》のイトコが、死《し》んだと伝《つた》えてきました」

えっ、死《し》んじゃったんだっ！

じゃ、46年前《ねんまえ》の事件《じけん》の真相《しんそう》は、謎《なぞ》に包《つつ》まれたままってことになるわけ？

「女公爵《おんなこうしゃく》の銛《もり》が落《お》ちてきたり、服《ふく》がもどってきたりしたあげくに、イトコの死《し》。これはきっと神《かみ》さまのお告《つ》げね。本当《ほんとう》のことを話《はな》さなければならない時期《じき》が来《き》たんだと思《おも》います。ねたみ深《ぶか》くて他人《たにん》の不幸《ふこう》を喜《よろこ》んだ女性《じょせい》の話《はなし》ですよ。その結果《けっか》がどうなったか、あなたにも聞《き》かせてあげましょう。私《わたし》の部屋《へや》に、いらっしゃい。あ、プランスと30代目《だいめ》の女公爵《おんなこうしゃく》も、呼《よ》んできてね」

22

女公爵《おんなこうしゃく》の帰還《きかん》

「ねたみ深《ぶか》くて他人《たにん》の不幸《ふこう》を喜《よろこ》んだ女《おんな》の話《はなし》、だって？」

アンジーの部屋《へや》にむかう廊下《ろうか》を歩《ある》きながら、女公爵《おんなこうしゃく》がこちらをふり返《かえ》った。

「アンジーさんが、そうだったたってことか？」

うん、そう言《い》ってたよ。

「あんなやさしそうな人《ひと》が、そんなことってあるのかな」

プランスがわずかにうなずいた。

「可能性《かのうせい》はある。ねたみの感情《かんじょう》というのは、脳《のう》の中《なか》の、前部帯状回《ぜんぶたいじょうかい》でおこる。他人《たにん》の不幸《ふこう》を喜《よろこ》ぶのは、脳《のう》の中《なか》の線条体《せんじょうたい》という部分《ぶぶん》だ。ねたみ深《ぶか》くて他人《たにん》の不幸《ふこう》を喜《よろこ》ぶ人間《にんげん》は、これらの活動《かつどう》が活発《かっぱつ》なんだ」

ってことは、ねたんだことがあまりない私《わたし》は、脳《のう》が活発《かっぱつ》じゃないってこと？

それって、なんか……、うれしくない。

そう思《おも》いながら私《わたし》は、いっしょにいたミャーコの顔《かお》を見《み》た。

ミャーコも、そこが活発《かっぱつ》なんだ、きっと。

うらやましいような、うらやましくないような、複雑《ふくざつ》な気分《きぶん》。

「アンジーさん、プランスです」

ドアをたたくと、中《なか》から返事《へんじ》が聞《き》こえた。

「どうぞ、お入《はい》りなさい。奥《おく》にいますよ」

プランスがドアを開《あ》ける。

そこは片側《かたがわ》にクローゼットのある通路《つうろ》で、つきあたりにもう1枚《まい》、ドアがあった。

「おじゃまします」

2枚目《まいめ》のドアを開《あ》けて中《なか》に入《はい》ったとたん、プランスはあぜんとしたように立《た》ちつくした。

女公爵《おんなこうしゃく》も、だった。

うしろにいた私《わたし》はわけがわからなくて、2人《ふたり》の間《あいだ》からのぞいて見《み》た。

アンジーは、窓《まど》ぎわにある背《せ》もたれの高《たか》い安楽椅子《あんらくいす》に座《すわ》っていた。

着《き》ていたのは、昨日《きのう》、海《うみ》から打《う》ちあげられた女公爵《おんなこうしゃく》の服《ふく》。

それだけじゃなくて……階段《かいだん》の踊《おど》り場《ば》にかざられていた写真《しゃしん》と同《おな》じ帽子《ぼうし》をかぶって、同《おな》じ首《くび》かざりと耳《みみ》かざりまでしていた。

どこからどこまで写真《しゃしん》と同《おな》じっ！

ちがっているのは、顔《かお》だけだった。

「これはいったい、なんのマネですか」

プランスがそう言《い》うと、アンジーは笑《わら》いだした。

「まあ、なんて顔《かお》なの。まだわからないんですか。あの写真《しゃしん》の初代女公爵《しょだいおんなこうしゃく》は、私《わたし》なのよ」

えっ、えーっ!?

私《わたし》はびっくりして、シワのよった桃《もも》みたいなアンジーの顔《かお》を見《み》つめた。

どう見《み》ても、初代女公爵《しょだいおんなこうしゃく》の美貌《びぼう》とは似《に》ても似《に》つかなかった。

「昔《むかし》は、美女《びじょ》と言《い》われたものよ」

そう言《い》って、アンジーは、おかしそうに笑《わら》った。

「まあ、お座《すわ》りなさい。いまにシャーベットも届《とど》くわ。ここの管理人《かんりにん》になってはじめて、全種類《ぜんしゅるい》のシャーベットを作《つく》ったのよ。全部《ぜんぶ》で130種類《しゅるい》」

すごいっ！

「フランスからの電話《でんわ》が終《お》わったあとで作《つく》りはじめて、いままでかかりましたよ。全部《ぜんぶ》ごちそうします」

なんと、うれしい130種《しゅ》っ！

涙《なみだ》が出《で》そうっ!!

「さ、どうぞ、座《すわ》って」

私《わたし》たちは、アンジーの前《まえ》におかれたソファに並《なら》ぶように座《すわ》った。

アンジーは、にこやかな顔《かお》で私《わたし》たちを見《み》まわし、話《はな》しはじめる。

「――30歳《さい》のとき、私《わたし》は、地元《じもと》の青年《せいねん》と恋《こい》に落《お》ちたの。婚約《こんやく》もして、そのときは、すべてがバラ色《いろ》だった。

楽《たの》しいことばかりだったわ。

でもすぐ、彼《かれ》とイトコが愛《あい》しあっていることに気《き》づいたの。

怒《いか》り狂《くる》ったわね。

当然《とうぜん》でしょ。

彼《かれ》は私《わたし》を裏切《うらぎ》ったし、イトコは私《わたし》から彼《かれ》を盗《と》った。

そうとしか思《おも》えなかった。

どうしたら2人《ふたり》を不幸《ふこう》にできるか。

そんなことばかり考《かんが》えているうちに、自分《じぶん》の生《う》まれた地方《ちほう》に伝《つた》わる日食《にっしょく》の伝説《でんせつ》を思《おも》いだしてね、自殺《じさつ》して2人《ふたり》に復讐《ふくしゅう》してやろうと決心《けっしん》したのよ。

で、遺書《いしょ》をおいて海《うみ》に入《はい》ったんだけど、あとを追《お》ってきたイトコに助《たす》けられてしまったの。

息《いき》をふきかえして、自分《じぶん》が生《い》きているってしったときには、なんか……気《き》がぬけてしまったわ。

たぶん自殺《じさつ》しようとしたときに、すべてのエネルギーを使《つか》い果《は》たしてしまったのね。

もう一度《いちど》、同《おな》じことをする気《き》になれなくて、まるでヌケガラみたいにボウゼンとなった。

イトコと彼《かれ》は、泣《な》いてあやまってくれたわ。

でも、愛《あい》しあっている自分《じぶん》たちの気持《きも》ちはどうしようもないって言《い》うのよ。

だから、自分《じぶん》たちこそ、これから2人《ふたり》で死《し》んでおわびをするって。

そんなことをされても、私《わたし》の恋《こい》がもとにもどるわけじゃないし、逆《ぎゃく》に2人《ふたり》の恋《こい》は天国《てんごく》で結《むす》ばれるわけだから、よけいくやしいでしょう。

で、私《わたし》ね、こう決心《けっしん》したの。

死《し》んだつもりになって、すべてをあきらめて、新《あたら》しい人生《じんせい》を歩《ある》きはじめてみようって。

それでイトコと彼《かれ》に、私《わたし》の目《め》の届《とど》かないところで暮《く》らすのならゆるすって言《い》ったのよ。

イトコは、彼《かれ》を連《つ》れてフランスにもどると約束《やくそく》した。

その前《まえ》に、私《わたし》の死亡届《しぼうとどけ》を出《だ》させて、この館《やかた》も処分《しょぶん》させ、私《わたし》を使用人《しようにん》として雇《やと》ってくれる買《か》い手《て》を見《み》つけさせたの。

で、1人《ひとり》でここにいすわったのよ」

そう言《い》ってアンジーは、大《おお》きな息《いき》をついた。

私《わたし》たちも、だった。

「それからは、本当《ほんとう》に新《あたら》しい人生《じんせい》だったわ。

それまで経験《けいけん》しなかったこと、わからなかったことをたくさん、しった。

そんな中《なか》で、なぜ彼《かれ》が私《わたし》を捨《す》ててイトコを愛《あい》したかもわかるようになったの。

イトコは、相手《あいて》に歩《あゆ》みよって、相手《あいて》を理解《りかい》しようとする人間《にんげん》だった。

でも私《わたし》は、相手《あいて》に歩《あゆ》みよってもらうこと、自分《じぶん》を理解《りかい》してもらうことばかりを望《のぞ》んでいたのね。

私《わたし》が求《もと》めていたのは、愛情《あいじょう》じゃなくて、奉仕《ほうし》だったんだってことに気《き》づいたの。

ああ、自分《じぶん》はなんて傲慢《ごうまん》だったんだろうって思《おも》ったわ。

すぐイトコに電話《でんわ》をして、あやまった。

イトコは、ゆるしてくれたわよ。

もともとやさしい子《こ》だったから。

そのほかにも、女公爵《おんなこうしゃく》としてすごしていたときには見《み》すごしてきた、いろいろのことに気《き》づいたわ。

人間《にんげん》のやさしさとか、自然《しぜん》の移《うつ》り変《か》わりの美《うつく》しさとか、ね。

毎日《まいにち》を楽《たの》しむことができるようになって、あのとき、死《し》ななくてよかったと心《こころ》から思《おも》ったものよ。

この人生《じんせい》が気《き》に入《い》って、もう二度《にど》と女公爵《おんなこうしゃく》にはもどりたくなかった。

だから彼女《かのじょ》は、死《し》んだということにしておきたかったのよ。

でも、しっかり留《と》めてあったはずの銛《もり》が落《お》ちたり、服《ふく》がもどってきたりして、思《おも》いだせと言《い》われているような気《き》がしたの。

そろそろもとの姿《すがた》にもどる時期《じき》だって。

私《わたし》の婚約者《こんやくしゃ》は3年前《ねんまえ》に亡《な》くなっているし、昨日《きのう》イトコも死《し》んで、私《わたし》もこんな年《とし》になり、もうウソを言《い》っていてもしかたがないわね。

私《わたし》は、女公爵《おんなこうしゃく》にもどる決心《けっしん》をしたの」

話《はな》し終《お》わって、アンジーは疲《つか》れたような、ほっとしたような表情《ひょうじょう》になって、ため息《いき》をついた。

私《わたし》はなんとなく、拍手《はくしゅ》をしたいような気分《きぶん》だった。

アンジーも、最初《さいしょ》はイトコたちを憎《にく》んだり、自殺《じさつ》なんてまちがえた方法《ほうほう》を選《えら》んだりしたけれど、そのあとは、一生懸命《いっしょうけんめい》に人生《じんせい》をすごしてきたんだなぁって。

えらいと思《おも》った。

「やっぱり、伝説《でんせつ》どおりになったんだよ」

私《わたし》は、みんなを見《み》まわして言《い》った。

「初代女公爵《しょだいおんなこうしゃく》が、帰《かえ》ってきたんだもの」

みんなが笑《わら》った。

23

おどろきのシャーベット

「お待《ま》たせしました」

ドアが開《ひら》いて、栄養士《えいようし》さんたちがボウルに入《い》れたシャーベットを運《はこ》びこんでくる。

テーブルの上《うえ》に並《なら》べられたボウルの数《かず》は、きっちり130あった。

お皿《さら》とスプーンが配《くば》られると、プランスが言《い》った。

「では、初代女公爵《しょだいおんなこうしゃく》の帰還《きかん》を祝《いわ》って、シャーベット・パーティとしよう」

わーいっ！

「どれでも、お好《す》きなのから食《た》べてちょうだい。説明《せつめい》をしましょうね。一番《いちばん》はしにあるのが、チョコレート、そのとなりがアプリコット、順番《じゅんばん》にサワーチェリー、フランボワーズ、オレンジ、レモン、パッションフルーツ、洋《よう》ナシ、イチゴ、カシス」

うーん、もうたまらんっ！

「グロゼイユ、イチジク、パイナップル、レーズン、アーモンド、シナモン、ココナッツ、ヘーゼルナッツ、クルミ、クリ、ピスタチオナッツ、ココア、チーズ、キャラメル、マッチャ、バニラ、コーヒー、ラムレーズン、マンゴー、ミント、グレープフルーツ、アオリンゴ、それから」

ああ、最高《さいこう》に幸《しあわ》せだっ!!

「スズちゃん」

ミャーコがそっとそばによってきて、耳《みみ》もとで言《い》った。

「いま、アンジーさんの話《はなし》を聞《き》いてて思《おも》ったんだけど、人間《にんげん》って、他人《たにん》の不幸《ふこう》をねがってるうちは幸《しあわ》せになれないのかもしれないね」

私《わたし》は、胸《むね》をつかれて、ミャーコの顔《かお》を見《み》た。

するとミャーコは、ちょっとはずかしそうに、ぎこちなく笑《わら》った。

「きっとそうだよ。他人《たにん》の不幸《ふこう》は、蜜《みつ》の味《あじ》なんかじゃない。他人《たにん》の不幸《ふこう》を願《ねが》うことは、自《じ》分《ぶん》の心《こころ》をゆがめてしまって、結局《けっきょく》、自分《じぶん》に不幸《ふこう》を呼《よ》びこむんだ」

ミャーコには、それがわかったんだ。

やっぱりミャーコは、頭《あたま》がいいんだよね。

「さっき、ごめん」

ミャーコは、いっそう小《ちい》さな声《こえ》になった。

「スズちゃんのこと、好《す》きじゃないなんてウソだよ。いきおいでそう言《い》ったけど、本当《ほんとう》はそんなふうに思《おも》ってない」

かなり、言《い》いにくそうだった。

でも、ミャーコの目《め》からは、さっきまでうかんでいた悲《かな》しみが消《き》えていた。

それで、私《わたし》はほっとしたんだ。

「ゆるしてくれるよね？」

私《わたし》は大《おお》きくうなずきながら、手《て》に持《も》っていたシャーベットを口《くち》に運《はこ》んだ。

「また、友《とも》だちになれるよね？」

もちろんだよ。

今《いま》までよりずっと、いい友《とも》だちになろうよねっ！

「私《わたし》、思《おも》ったんだけどね、人間《にんげん》は他人《たにん》の不幸《ふこう》を願《ねが》うより、もっと自分《じぶん》を見《み》つめて、自分《じぶん》を……ちょっとスズちゃん、私《わたし》、すごく大事《だいじ》な話《はなし》をしようとしてるんだよ。こっちをむいたらどうなの。食《た》べるの、やめたらどうなの。だからって、全部《ぜんぶ》口《くち》につっこむことないでしようっ！　もうあきれたっ!!」

ミャーコは、お皿《さら》をおいて私《わたし》をにらんだ。

「やっぱりあんたとは、友《とも》だちになれないいっ！」

そう言《い》うなり、部屋《へや》から出《で》ていってしまったのだった。

げ、怒《おこ》っちゃった。

言《い》われたとおりにミャーコのほうをむいて、食《た》べるのも、やめたんだけど。

いったい、なにがいけなかったんだろう。

全部《ぜんぶ》、口《くち》に入《い》れたことかな。

だっておいとくと、とけちゃうんだもの。

あ、もしかして、また怒《おこ》り虫《むし》が出《で》てきたのかな。

「あの子《こ》は、めだちたがり屋《や》だな」

ミャーコのうしろ姿《すがた》を見送《みおく》って、女公爵《おんなこうしゃく》が言《い》った。

「まあ、新入生《しんにゅうせい》には、よくあるよ。

小学校《しょうがっこう》のときに、成績《せいせき》やスポーツでめだってても、中学《ちゅうがく》になると生徒数《せいとすう》が多《おお》くなるから、優秀《ゆうしゅう》な子《こ》もたくさんいて、その中《なか》に埋《う》もれてしまって、あせるんだ。

自分《じぶん》の存在意義《そんざいいぎ》がなくなってしまったように感《かん》じるわけさ。

お茶会《ちゃかい》のときにあんなこと言《い》ったのも、めだちたかったからだろう。

そういうヤツは、早《はや》いうちにしつけとかないと、傲慢《ごうまん》になるからな。

ムリをしてめだたなくてもいいんだ。

人間《にんげん》は、ふつうのままで、ちゃんと価値《かち》があるんだから。

それを、あの子《こ》は知《し》るべきだよ」

私《わたし》は、テーブルをまわって食《た》べ歩《ある》きながら言《い》った。

「ミャーコは、とても自尊心《じそんしん》が強《つよ》いんだよ」

プランスが口《くち》を開《ひら》く。

「それは自尊心《じそんしん》じゃなくて、虚栄心《きょえいしん》っていうんだ」

ふぅん、怒《おこ》り虫《むし》のほかに、虚栄虫《きょえいむし》も飼《か》ってるのかぁ。

でも、いつも上《うえ》を見《み》て、自分《じぶん》を向上《こうじょう》させていこうとしてるとこは、えらいと思《おも》うな。

私《わたし》には、とってもマネできないもん。

「しかし」

プランスがため息《いき》をついた。

「ふつうじゃない悠貴《ゆうき》が、ふつうの価値《かち》を力説《りきせつ》しても、あまり心《こころ》に響《ひび》かないな」

女公爵《おんなこうしゃく》は、ため息《いき》をつき返《かえ》す。

「プランス、それはおまえも同《おな》じだろうが」

2人《ふたり》は一瞬《いっしゅん》、見《み》つめあい、それから皮肉《ひにく》な感《かん》じのする笑《わら》いをうかべた。

「まあな」

どこかゆううつそうで、悲《かな》しげな微笑《びしょう》だった。

私《わたし》は、食《た》べながら思《おも》った。

いつもめだっていて、みんなのあこがれのプランスや女公爵《おんなこうしゃく》にも、それなりのつらいことがあるのかもしれないって。

それは、いったいなんなのだろう。

わかれば、なぐさめてあげられるのにな。

「ま、どんな人生《じんせい》も、刺激的《しげきてき》ってことだな」

プランスが言《い》い、女公爵《おんなこうしゃく》がうなずいた。

「だからおもしろいとも言《い》えるが」

そう言《い》いながら、私《わたし》のほうを見《み》た。

「このシナモン、すごくうまいぞ。食《く》ってみろ」

きゃっ、ほんと？

私《わたし》はスプーンをにぎりしめて、女公爵《おんなこうしゃく》が立《た》っていたシナモンのボウルのそばまで飛《と》んでいった。

どれどれ。

レードルですくって自分《じぶん》のお皿《さら》に盛《も》ろうとしたそのとき、窓《まど》のむこうに広《ひろ》がる砂浜《すなはま》に、カイの姿《すがた》が見《み》えたの。

おもわず目《め》をこすった。

だってなんで、ここにカイがいんのよ。

神奈川県《かながわけん》の久里浜《くりはま》にいるはずだもん。

でも、どう見《み》ても、それはカイだった。

強《つよ》い風《かぜ》に、サラサラの髪《かみ》をゆらしながら赤《あか》いサッカーボールを転《ころ》がしている。

あの髪《かみ》と、あのボールって、カイだよねぇ……。

それとも、幻覚《げんかく》？

昨日《きのう》、寝《ね》てないしなぁ。

「どうした？　食《た》べるスピードが極端《きょくたん》に落《お》ちたようだが」

プランスがそばによってきたので、私《わたし》は窓《まど》の外《そと》を指《ゆび》さした。

「なんか、カイがいるように見《み》えるんだけど。私《わたし》の気《き》のせい？」

プランスは私《わたし》の指先《ゆびさき》を見《み》て、かるくうなずいた。

「ああ、カイだな」

ほんとっ?

どうしてっ!?

「あいつは、久里浜《くりはま》の海岸寮《かいがんりょう》だろ。ここと久里浜《くりはま》は、すごく近《ちか》いんだ」

え、遠《とお》いよぉ!

だって東京《とうきょう》をはさんでるんだもん。

「悠貴《ゆうき》、地図《ちず》っ!」

いらだたしげなプランスのさけびで、女公爵《おんなこうしゃく》がアンジーから地図《ちず》を借《か》りて持《も》ってきた。

「見《み》ろ」

開《ひら》かれたページを見《み》ると……。

久里浜《くりはま》のある三浦半島《みうらはんとう》と、浅沼《あさぬま》のある房総半島《ぼうそうはんとう》は、東京湾《とうきょうわん》の南側《みなみがわ》にあたる浦賀水道《うらがすいどう》をはさんでむかいあっていた。

直線《ちょくせん》で測《はか》ると、およそ10キロ。

ものすごく近《ちか》いっ!

しらなかったなぁ……。

「きっと自由時間《じゆうじかん》を使《つか》って来《き》たんだろう」

私《わたし》は、シナモンシャーベットを口《くち》に入《い》れながら、海岸《かいがん》にいるカイを見《み》つめた。

でも、なにしにきたんだろ。

砂浜《すなはま》でのサッカーなら、久里浜《くりはま》でしてたっていいと思《おも》うけど。

「お友《とも》だちなの？」

アンジーが言《い》った。

「ここに呼《よ》んであげたら、どう？」

私《わたし》は急《きゅう》にうれしくなって、いきおいのいい声《こえ》を出《だ》した。

「いいんですかっ？」

アンジーは、片目《かため》をつぶる。

「私《わたし》ね、カッコいい人《ひと》が好《す》きなの。婚約者《こんやくしゃ》だった彼《かれ》も、たいそうカッコよかったのよ。呼《よ》んできたら、紹介《しょうかい》してね」

「はいっ！」

大《おお》きな声《こえ》で言《い》って、私《わたし》は部屋《へや》を飛《と》びだした。

24 カイの気持《きも》ち

ここでカイに会《あ》えるなんて思《おも》わなかったから、すごく意外《いがい》で、心《こころ》がはずんだ。

大《おお》いそぎで廊下《ろうか》をとおりぬけて、玄関《げんかん》から外《そと》に出《で》て、松林《まつばやし》の間《あいだ》を走《はし》って、館《やかた》の裏側《うらがわ》にまわると、そこに砂浜《すなはま》が広《ひろ》がっていた。

むこうのほうに、カイの姿《すがた》が見《み》える。

「カイーっ」

手《て》をふると、こっちをむいた。

風《かぜ》がふきつけて髪《かみ》を乱《みだ》し、片目《かため》だけしか見《み》えなかった。

私《わたし》は走《はし》りだして、カイのそばまで行《い》き、大《おお》きな息《いき》をついた。

砂浜《すなはま》を走《はし》るのって、けっこう疲《つか》れる。

「いつきたの？　なにしに？」

そう聞《き》くと、カイは海《うみ》のほうをむいた。

「久里浜《くりはま》の寮《りょう》から、こっちの海岸《かいがん》が見《み》えるんだ。毎日見《まいにちみ》てて、こっちの砂浜《すなはま》は、どの程度《ていど》ボールがはずむのかなって思《おも》って」

きっとカイの寮《りょう》には伝説《でんせつ》なんかなくって、毎日《まいにち》、平和《へいわ》だったんだろうな。

「あのね、こっちはたいへんだったんだよ」

そう言《い》うと、カイはちょっと片目《かため》を細《ほそ》めた。

「ごめんな」

え……。

「友《とも》だちの機嫌《きげん》、悪《わる》くさせてさ。おまえ、こまったんだろ」

あ、そのことか。

私《わたし》は、まじまじとカイを見《み》つめた。

まだ気《き》にしてたんだ。

こいつ、そーとー、まじめだな。

「だけどさ、あのとき、気《き》になってることがあって、そっちのほうに気持《きも》ちがいってたから、それ以外《いがい》のことは頭《あたま》に入《はい》らなかったんだ」

そっか。

考《かんが》えてみれば、私《わたし》も、いきなり紹介《しょうかい》したもんね。

カイの都合《つごう》とか、聞《き》かずにさ。

「私《わたし》も悪《わる》かったから、もう、なかったことにしない？」

そう言《い》うと、カイはほっとしたようにほほえんだ。

「ん」

すっごく、きれいな笑顔《えがお》だった。

私《わたし》は、おもわず見《み》とれてしまった。

もし絵《え》が得意《とくい》だったら、きっとこの笑顔《えがお》を描《えが》いたと思《おも》うな。

「で、なにが、そんなに気《き》になってたの？」

私《わたし》が聞《き》くと、カイはかるく肩《かた》をすくめた。

「あの前《まえ》の日《ひ》に電話《でんわ》かけてきたヤツがいて、部活《ぶかつ》があったから断《ことわ》ったんだけど、なんかすごくこまってる感《かん》じだったんだ。そのことが頭《あたま》からはなれなくてさ。悪《わる》かったなぁって思《おも》って気《き》になってしかたなくて」

まあ、そんなに気《き》にしてもらえるなんて、幸《しあわ》せもんね。

「へぇ、そうだったんだ。で、それって、だれだったの?」

カイは、あぜんとしたようにこっちを見《み》た。

え……、なんだろ。

そう思《おも》った瞬間《しゅんかん》、カイが笑《わら》いだした。

「スズ、おまえ、それ……」

言《い》いながら私《わたし》の右手《みぎて》を指《ゆび》さす。

ん?

私《わたし》は、自分《じぶん》の右手《みぎて》に目《め》をむけて、しっかりにぎりしめられているスプーンを発見《はっけん》した。

あら、持《も》ってきてた……。

「どうせ、なにか食《た》べてるとこだったんだろ」

むっ、私《わたし》がいつも食《た》べてばっかりいるみたいな言《い》い方《かた》を。

気《き》に入《い》らん。

「あげないからね」

さけんで、私《わたし》は身《み》をひるがえした。

ふん、さっさと久里浜《くりはま》に帰《かえ》れ。

「おい、待《ま》てよ」

「ついてこないでよ」

そう言《い》うと、カイはちょっと笑《わら》って館《やかた》のほうを見《み》た。

「来《こ》いって言《い》ってるじゃん」

見《み》れば、窓《まど》から顔《かお》を出《だ》したアンジーたちが手招《てまね》きをしていた。

しかたがない。

なまいきなカイにも、食《く》わせてやるか。

「すごいシャーベットなんだよ。なんと130種類《しゅるい》もあってね」

歩《ある》きながら空《そら》をあおぐと、太陽《たいよう》がまぶしかった。

おわり

TO《トゥ》　読者《どくしゃ》のみなさま

お元気《げんき》ですか？

いつも読《よ》んでくださってありがとう。うれしいです！

今日《きょう》の愛川《あいかわ》は、すっごくドジでした。

まず朝《あさ》、顔《かお》を洗《あら》うときに、まちがって、左手《ひだりて》の小指《こゆび》を、おもいっきり鼻《はな》の中《なか》につっこんでしまいました。

で、そのあと、窓辺《まどべ》にあるサンセベリア（「虎《とら》の尾《お》」ともいう観葉植物《かんようしょくぶつ》）の鉢《はち》を移動《いどう》させようとして持《も》ちあげたとき、伸《の》びていた葉《は》の先《さき》を、おもいっきり反対側《はんたいがわ》の鼻《はな》につっこんでしまいました。

その後《ご》、散歩《さんぽ》に出《で》たら、いつも通《とお》らないようにしている猛犬《もうけん》のいる家《いえ》の前《まえ》を、うっかり通《とお》ってしまい、庭《にわ》から猛然《もうぜん》と走《はし》りでてきた犬《いぬ》にグァングァンとほえつかれたのです。

心《こころ》をなぐさめようとして、友《とも》だちに電話《でんわ》をかければ、旅行《りょこう》に出《で》ていて留守《るす》だし、お気《き》にいりのお菓子屋《かしや》さんは臨時休業《りんじきゅうぎょう》しているし。

あげくにドイツに旅行《りょこう》したときに買《か》った、フッチェンロイターというブランドのマグカップの縁《ふち》を、水道《すいどう》の蛇口《じゃぐち》にぶつけて、ヒビを入《い》れてしまいました。

しくしくしくしくしくったら、しくしくしくしく！

最低《さいてい》の日《ひ》でした。

でも最低《さいてい》って、一番下《いちばんした》ってことだから、それより下《した》はないはずっ！

今日《きょう》が最低《さいてい》なら、明日《あした》は今日《きょう》より少《すこ》しはましだということです。

で、明日《あした》に期待《きたい》をかけることにしました。

そうやって自分《じぶん》をはげましながら、生《い》きているわけです。

みなさまも、いろいろとつらいことがあると思《おも》いますが、がんばってねっ！

『天才作家《てんさいさっか》スズ秘密《ひみつ》ファイル①②③』についての、ご感想《かんそう》を聞《き》かせてください。

お手紙《てがみ》、待《ま》っています。

じゃ、またっ！

FROM《フロム》　愛川《あいかわ》さくら

角川つばさ文庫

愛川さくら／作

Ａ型さそり座。幼い頃からヨーロッパに興味を持ち、フランスやその周辺各国に長期の取材旅行を重ねてきた。現在は作家およびエッセイストとして多数の単行本を執筆している。

市井あさ／絵

児童書を中心に活動するイラストレーター。「霊界交渉人ショウタ」シリーズの挿絵でも活躍中。好きな食べものは卵料理とチョコレート。今は、海外ドラマを観ることにハマっています。

角川《かどかわ》つばさ文庫《ぶんこ》　Aあ1-3

天才作家《てんさいさっか》スズ秘密《ひみつ》ファイル③

シャーベット女公爵《おんなこうしゃく》の恋《こい》

作《さく》　愛川《あいかわ》さくら
絵《え》　市井《いちい》あさ

2009年6月15日　初版発行

発行者　井上伸一郎
発行所　株式会社角川書店
　　　　東京都千代田区富士見 2-13-3　〒102-8078
　　　　電話・編集 03-3238-8555
発売元　株式会社角川グループパブリッシング
　　　　東京都千代田区富士見 2-13-3　〒102-8177
　　　　電話・営業 03-3238-8521
　　　　http://www.kadokawa.co.jp/

印　刷　大日本印刷株式会社
製　本　大日本印刷株式会社
装　丁　ムシカゴグラフィクス

ISBN978-4-04-631034-7　C8293
N.D.C.913　246p　18cm

読者のみなさまからのお便りをお待ちしています。
いただいたお便りは、編集部から著者へおわたしいたします。

角川つばさ文庫発刊のことば

角川グループでは『セーラー服と機関銃』(81)、『時をかける少女』(83・06)、『ぼくらの七日間戦争』(88)、『リング』(98)、『ブレイブ・ストーリー』(06)、『バッテリー』(07)、『DIVE!!』(08)など、角川文庫と映像とのメディアミックスによって、「読書の楽しみ」を提供してきました。

角川文庫創刊60周年を期に、十代の読書体験を調べてみたところ、角川グループの発行するさまざまなジャンルの文庫が、小・中学校でたくさん読まれていることを知りました。

そこで、文庫を読む前のさらに若いみなさんに、スポーツやマンガやゲームと同じように「本を読むこと」を体験してもらいたいと「角川つばさ文庫」をつくりました。

読書は自転車と同じように、最初は少しの練習が必要です。しかし、読んでいく楽しさを知れば、どんな遠くの世界にも自分の速度で出かけることができます。それは、想像力という「つばさ」を手に入れたことにほかなりません。

「角川つばさ文庫」では、読者のみなさんといっしょに成長していける、新しい物語、新しいノンフィクション、角川グループのベストセラー、ライトノベル、ファンタジー、クラシックスなど、はば広いジャンルの物語に出会える「場」を、みなさんとつくっていきたいと考えています。

読んだ人の数だけ生まれる豊かな物語の世界。そこで体験する喜びや悲しみ、くやしさや恐ろしさは、本の世界の出来事ではありますが、みなさんの心を確実にゆさぶり、やがて知となり実となる「種」を残してくれるでしょう。

かつての角川文庫の読者がそうであったように、「角川つばさ文庫」の読者のみなさんが、その「種」から「21世紀のエンタテインメント」をつくっていってくれたなら、こんなにうれしいことはありません。

物語の世界を自分の「つばさ」で自由自在に飛び、自分で未来をきりひらいていってください。

ひらけば、どこへでも。――角川つばさ文庫の願いです。

角川つばさ文庫編集部